너와 나와 우리의 현성

dot.6

이명

너와 나와 우리의 현성

아작

toc.

1

홍정은

정은은 새벽 3시 반에 그 전화를 받았다. 형광등이 마룻바닥에 흩뿌려진 핏자국을 비추던 바로 그 시각에 전화가 걸려왔다.

전화 때문에 잠에서 깬 것은 아니었다. 진작 일어난 상태였다. 아들이 밤중에 느닷없이 발작을 일으켰기 때문이었다. 며칠 사이 아들의 악몽이 잦아졌기에 거실에서 함께 잠자리에 들었더니만 그런 일이 일어났다. 160센티미터를 넘기지 못한 작은 몸이 이불 위에서 요동쳤다. 자기 목을 붙들며 눈물과 코피를 쏟아냈다. 숨넘어가는 소리에 새된 비명이 섞였다.

언젠가 이런 일이 벌어질지 모른다고 예상했던 터였다. 의사에게 건네받은 안내 책자를 한 문장 한 글씨 세세하게 읽고 내용을 정리해 핸드폰에 저장까지 했건만, 정작 일이 터지고 난 뒤에 정은의 몸은 속절없이 굳어버렸다. 아들의 고통 어린 몸부림을 보면서도 손가락 하나 까딱하지 못했다.

발작은 10여 분 만에 끝났다.

사방에 검은 피가 흐르고 이불에 오줌이 스몄으나 아들의 얼굴은 더할 나위 없이 평온했다. 주변의 난장판은 전혀 눈치채지 못한 채 다시 잠에 빠져들었다. 정은은 가까스로 몸을 일으켰다. 후들거리는 손으로 수건에 물을 적셔 아들의 얼굴을 닦았고 잠옷 바지와 속옷을 갈아입혔다. 젖은 이불도 세탁기에 집어넣었다. 담요를 꺼내 아들에게 덮어준 뒤, 정은은 소파에 웅크리고 앉아 안내 책자를 다시 읽었다. 읽으면서 구급차를 부를지 말지 고민했고, 고민하는 와중에도 틈틈이 아들의 가슴이 오르내리는지 확인했다.

그리고 30분도 지나지 않아 전화가 걸려온 것이었다.

"홍정은 씨? 박현성 군 보호자인 홍정은 씨 맞으신가요?"

정은은 황급히 거실 베란다로 향했다. 유리문을 열어 밖으로 나오자마자 늦가을의 차가운 바람이 얼굴에 달라붙었다. 기침이 나올 것 같아 정은은 목을 가다듬었다.

"네, 홍정은 저 맞아요. 누구신데 이 시간에 전화를…"

"여기는 강아시립정신건강센터입니다. 박현성 군에게 사고가 있었어요. 심정지 상태로 발견되어 저희가 조치했지만… 정말 죄송합니다. 뭐라 드릴 말씀이 없습니다."

정은은 숨을 죽이며 아랫입술을 깨물었다. 베란다 난간을 겨우 붙들었다.

"저기, 저기 있잖아요. 제가 어제 낮에 면회를 다녀왔거든요? 현성이를 만나고 왔다고요. 괜찮아 보였어요, 밥도 잘 먹었고요. 근데 애가 왜… 왜 죽어요?"

"보호자분, 일단 여기 오셔서 경찰과 말씀을 나눠보셔야겠어요."

"경찰은 또 왜요?"

상대는 대답도 않고 전화를 끊어버렸다. 정은은 대기화면으로 넘어간 핸드폰 화면을 노려보다가 머리를 쓸어내렸다.

사실 '왜'냐고 물을 필요도 없었다. 현성이의 상태를 고려하면 몇 년 전부터 예견된 일이었다.

'어떻게'도 마찬가지다. 정은은 유리문 너머로 곤히 잠든 아들을 내다보았다. 아들의 목 안쪽에 작은 피멍 여러 개가 점점이 박혀 있었다. 정은은 자신의 목에 손을 올렸고, 어렵지 않게 꿈틀거리며 약동하는 동맥을 찾아냈다.

기어코 현성이가 자신만의 방법으로 가족을 따라간 것이다.

아들의 몸이 갑자기 꿈틀댔다. 고여 있던 눈물이 뺨 아래로 흘러내리는 것이 보였다. 정은은 거실로 돌아가 허공을 움켜쥐는 아들의 손을 붙들었다. 흐느끼는 목소리가 들렸다.

"엄마. 현성이가… 현성이가 어디 있는지 모르겠어… 사라졌어…."

정은은 병원에서 어떤 전화가 걸려왔는지 이야기했다. 아들이 몸서리쳤다.

"그러면 나도 갈래. 현성이 보러 갈 거야."

"안 돼. 너는 기억 못 하지만 아까 엄청 앓았어. 엄마가 얼마나 놀랐는지 알아?"

"그래도 갈 거야, 가고 말 거야! 현성이를 당장 봐야겠단 말이야!"

아들이 큰 소리로 성을 냈다. 평소 얌전하고 조용하던 모습은 어디 갔는지 계속해서 소리를 높이며 떼를 썼다. 정은은 아들을 꼭 끌어안았다.

"박현성! 제발 엄마 말 좀 들어!"

자기 이름을 듣자 아들의 몸부림이 멈췄다. 정은은 아들을 감싼 팔에 힘을 더했다.

"엄마가 다 알아서 할게. 병원에 경찰도 있고 지금 난리가 났대. 어차피 현성이가 가도 현성이 얼굴도 못 볼 거야. 현성이는 착한 아들이니까 엄마 말 들어줄 거지?"

착한 아들. 이 말은 언제든 효과가 좋았다. 아들은 축축하게 젖은 눈으로 정은을 보다가 이내 고개를 끄덕였다.

"엄마가 점심 전에는 돌아올 테니까 일단 이모 집에 가 있자. 알겠지?"

여동생이 내게 보모 노릇이나 시키려고 이 동네로 이사 온 거냐 물은 게 닷새 전이었지만 다른 방법이 없었다. 예상대로 여동생은 전화를 받자마자 쓴소리를 해댔다. 아들의 신체가 죽었다고 말해도 잠깐 맡아주는 것뿐이라며, 불편한 심기를 감추지 않았다. 정은이 전화를 마치고 방으로 들어갔을 때 아들은 천장을 올려다보며 혼잣말을 하고 있었다. 입은 멍하니 벌어졌고 두 눈은 흐리멍덩했다. 정은이 어깨를 톡톡 두드리자 아들의 눈에 생기가 돌아왔다.

"현성이네도 연락이 왔대요. 아줌마 아저씨는 진작 나갔대."

정은은 아들이 말하는 '현성이'가 병원에 있는 현성이인지, 아니면 서울 사는 현성이인지 헷갈리곤 했다. 아들은 둘을 구분 지어 말하지 않았다.

이제 그 현성이는 누구냐고 물을 필요가 없겠구나. 정은은 그렇게 생각하며 아들과 함께 현관을 나섰다. 아들의 손을 꽉 잡고 여동생의 집으로 향하는데, 깍지 낀 아들의 손이 너무 앙상하게 느껴졌다. 그새 또 살이 빠졌나, 악몽 때문에 스트레스를 받아 그러나, 이 일 때문에 몸이 더 안 좋아지면 어떡하나. 걱정과 불안이 물밀 듯이 밀려오더니 정은의 발을 붙들었다. 진흙탕에 빠진 것처럼 두 다리가 무거웠다.

사실은 병원에 가고 싶지 않았다. 죽은 현성이를 마주하고 뒤처리를 하는 대신, 집에서 아들의 옆자리를 지키고 싶었다. 그러나 박현성의 사후관리는 보호소장과 나눈 서약서에 명시된 바였다. 정은에게는 이를 지킬 의무가 있었다.

어느새 여동생이 사는 빌라에 도착했다. 정은은 아들의 두 볼에 소리 나게 뽀뽀한 뒤 눈곱을 떼어줬다. 흐트러진 앞머리를 귀 뒤로 넘겨주고 손을 맞잡았다.

"엄마가 아들이랑 같이 있어 주지 못해서 미안해. 그래도 이모네서 한잠 자고 나면 몸도 마음도 훨씬 개운해질 거야. 걱정하지 말고 푹 쉬어."

무엇도 괜찮아질 리 없다는 걸 알면서도 정은은 그렇게 말할 수밖에 없다.

✶

2년하고 10개월 전에, 소장은 앞마당에 빼곡하게 들어찬 사람들에게 물었다.

"반려동물 키우거나 키워본 적 있는 분? 손 한번 들어봐요."

하얀 입김이 안개처럼 퍼지는 가운데, 누군가는 손을 들었고 누군가는 침묵했고 누군가는 핸드폰을 들여다보며 딴청을 피웠다. 정은은 손을 든 쪽에 속했다. 소장은 누렇게 뜬 낯빛과 깡마른 몸에 어울리지 않는 우렁우렁한 목소리로 다시 입을 열었다.

"요즘 동물 안 키우는 사람이 없다더니 사실인가 보네요. 그러면 다중신체 증후군이 뭔지 아는 분들, 손들어봐요."

이번에는 더 많은 사람이 손을 들었다.

"다행이네. 이거 일일이 설명하려면 시간만 길어지고 그러거든. 괜히 이런 추운 날에 산골에 끌려와서는 말이야. 악덕 기업이 따로 없어, 그렇죠?"

회사에서 단체로 진행되는 봉사활동이었다. 정은이 근무하는 회사는 사회적 기업으로 이름났는데,

분기별로 사원을 데리고 여기저기 봉사활동을 다니며 이를 홍보 수단으로 삼았다. 사원 대다수는 이런 단체활동이 내키지 않았다. 정은만 해도 이번 달 내내 주말 출근과 야근을 하다가 끌려온 참이었다.

회사 팀장이 얼른 본론으로 들어가라며 소장에게 눈치를 줬다.

"좋아요. 우리 보호소는 다중신체 증후군, 짧게 말해 분리병을 앓는 동물을 보호하고 있어요. 이 병에 걸리면 정서불안이 심해지죠. 여러분이 집에서 키우는 반려동물과 매우 다르다는 뜻이에요. 이제부터 제가 여기 동물을 어떻게 다뤄야 하는지 알려드릴 테니 잊지 말고 꼭 숙지하세요."

소장의 간단한 설명이 이어졌다. 동물과 함부로 눈을 마주치지 말고, 큰 소리를 내지 말고, 실내에서 뛰어다니지 말고……. 정은은 듣는 둥 마는 둥 하며 샌드위치 판넬로 지어진 보호소를 내다보았다. 창문마다 검은 시트지를 붙여 밖에서는 내부가 보이지 않았다. 열린 문틈 사이로 새어 나온 동물 울음소리 때문에 어딘지 모르게 오싹했다. 어느새 설명을 마친 소장이 사원들을 향해 손짓했다.

"그러면 이제 시작합시다."

으스스한 겉모습과 달리 보호소는 무척 넓고 쾌적했다. 분뇨 냄새도 심하지 않고 먼지나 거미줄 따위도 찾아보기 힘들었다. 철창 대신 각지게 세운 울타리가 각 동물의 영역을 구분했는데, 울타리에 들어 있는 한 묶음의 동물마다 틀에 박은 것처럼 생김새가 똑같았다. 개도 고양이도 토끼도, 페렛도, 심지어 리빙박스에 들어간 햄스터도 마릿수에 상관없이 쌍둥이처럼 똑같이 생겼다.

소장은 자기만의 기준으로 사원들에게 일을 나눠주었다. 누구는 사료를 퍼담고 누구는 청소하고 누구는 산책을 시키는 식이었다. 정은은 그중에 제일 간단해 보이는 일을 맡게 되었다.

"그냥 울타리 안에 들어가 애들 좀 쓰다듬어줘요."

소장은 고양이들이 들어 있는 울타리를 가리켰다. 털이 무척 길고 얼굴이 납작한 고양이 세 마리가 울타리 안에 있었다. 모두 생긴 게 똑같았지만, 하는 짓은 전혀 달랐다. 한 마리는 정은이 울타리 안으로 들어가자마자 골골대며 머리를 비벼댔고, 다른 한 마리는 정은을 피해 울타리에 바싹 몸을 붙였다. 남

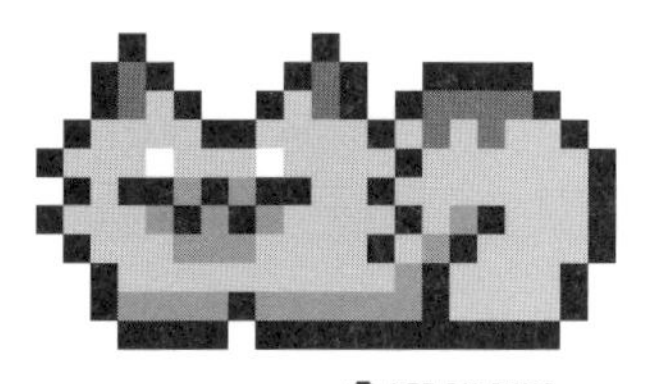

은 한 마리는 제자리에 누워 꼼짝도 하지 않았다. 고양이'들'의 이름은 쿠키였다. 올해 세 살이었고, 분리병을 앓은 지 2개월 되었다.

정은은 누워 있는 고양이를 향해 이름을 불렀다.

"쿠키야."

고양이는 귀를 움찔거릴 뿐 바닥에 늘어진 자세를 고수했다. 걱정되는 마음에 손을 내뻗자 누군가 "안 돼요." 하며 주의를 시켰다.

"함부로 만지면 안 돼요. 위험해요."

고개를 돌리니 울타리 밖에 서 있는 남자아이와 눈이 마주쳤다. 열 살이나 되었을까 싶을 정도로 작고 깡마른 아이였다. 쳐진 눈꼬리 탓인지 인상이 무척 순하게 보였다.

"사람이 때려서 분리된 거랬어요. 그래서 함부로 손대면 안 돼요. 겁먹는다고요. 먼저 허락을 받아야 해요."

"어떻게?"

아이는 대뜸 울타리 안으로 넘어왔다. 누워 있는 고양이에게 다가가 주먹 쥔 손을 조심스레 들이밀었다. 몇 분이 지났을까, 고양이가 머리를 내밀어 아이의 주먹에 코를 비볐다. 아이는 주먹 쥔 손을 펴서 고양이의 털을 조심스레 쓸어내렸다.

“한두 번 해본 솜씨가 아니네. 여기 자주 오니?”

보호소 직원의 아들이라 생각해 꺼낸 말에 뜻밖의 대답이 돌아왔다.

“아니요. 전 여기 살아요.”

“정말? 소장님 아드님이셨구나. 내가 몰라봤네.”

“아들 아니에요. 큰엄마는 먼 친척이라 그랬어요. 그냥 다들 같이 살고 있어요.”

아이가 갑자기 고개를 치켜들었다. 그러고는 몽롱하게 넋을 잃은 얼굴로 입을 달싹였다.

“어. 나는 두 개 먹을래. 큰 거로. 우유랑 먹을 거야.”

혼잣말이라기에는 이상하게 섬뜩했다. 당황한 정은과 달리 아이의 얼굴에 환한 미소가 떠올랐다. 아이의 작은 손이 정은의 옷깃을 잡아끌었다.

“큰엄마가 고구마 구웠대요. 옆집 할아버지가 갖다준 건데 엄청 맛있어요. 아줌마도 같이 먹어요.”

보호소 뒤뜰에서 소장이 사람들에게 갓 구운 고구마를 나눠주고 있었다. 정은과 함께 밖으로 나온 아이는 소장을 보자마자 뛰어나가 그의 옆에 바로 섰다. 그러고는 손에 맞지도 않는 목장갑을 끼고서 뜨거운 고구마를 종이컵에 담아 사원들에게 건넸다. 정은도 줄을 서서 고구마를 받았다. 아이의 말대로 고구마는 무척 달고 맛있었다.

봉사 시간이 끝난 뒤 사원들은 보호소 앞 공터에 다시 모였다. 언론에 뿌릴 기념사진을 찍고 잠시 휴식 시간을 가진 뒤 버스를 타고 귀가할 예정이었다. 정은은 산책을 핑계 삼아 아이를 찾아다녔다. 이상한 일이었다. 평소 같으면 버스로 돌아가 눈부터 붙였을 텐데, 그날은 이상하게 아이가 마음에 남았다. 보호소를 두 바퀴 돌았을 무렵 폐지를 쌓아두는 곳에서 아이를 발견했다. 자기 주먹만 한 커터칼로 빈 상자를 정리하고 있었는데 또 다른 아이가 폐지 더미 너머에서 불쑥 모습을 드러냈다. 새로운 아이는 안경을 썼고 입은 옷도 달랐지만 그런데도 정은은 한눈에 알아보았다. 두 아이는 같았다. 얼굴은 물론 키와 골격까지, 쌍둥이라기보다는 대량생산되는 기성품처럼 똑같았다.

그 순간, 누군가가 정은의 어깨를 두드렸다. 소장이었다. 그는 정은을 데리고 몇 발짝 옆으로 비켜났다. 보호소 외벽 너머로 아이들의 잔잔한 웃음소리가 넘어왔다.

“다른 건 아니고 아까 저 애가 절 도와줬어요. 아픈 동물을 굉장히 잘 다루더라고요. 고마웠다고 말이라도 할 참이었는데….”

“현성이 말이죠? 안경 안 쓴 애요. 걔는 원래 그래요. 아가씨가 좋았나 봐.”

“소장님 조카분인가요?”

“사정이 좀 복잡해요. 6촌인가 8촌인가. 애 엄마는 해외로 날랐지, 남은 가족은 안 좋게 죽었어서. 애들 상태가 저러니 맡겠다는 사람이 없어서 내가 데려왔죠.”

소장의 말에 정은은 울타리 속 동물을 떠올렸다. 주변을 살핀 뒤 목소리를 낮췄다.

“인간 분리병이군요, 그렇죠?”

소장은 대답하는 대신 어깨를 으쓱였다.

그제야 정은은 왜 아이가 넋 잃은 얼굴로 허공을 올려다봤는지 깨달았다. 신체는 서로 감각을 공유한다. 청각 또한 예외는 아니어서 원격으로 대화한다는 특징은 분리병을 다룬 영화나 드라마의 단골

레퍼토리였다.

“어릴 때 동네에 몸이 분리된 애가 있었어요. 아빠에게 물어봐도 제대로 답을 안 해주시더라고요. 고등학교 들어가서야 병 때문이란 걸 알았죠.”

“자랑은 아니잖아요. 보는 시선이야 예나 지금이나 곱지가 않지. 나 때는 가족이 기를 쓰고 숨겼어요.”

분리병은 포유류에게 폭넓게 발견되지만, 인간의 발병 사례는 드물었다. 몇만 명 중 한 명꼴 이랬던가. 동물과 달리 인간의 경우 아동기에 증상이 나타나는 것이 일반적이었다.

그에 비해 발병 원인은 동물이든 인간이든 똑같았다.

“그러면 저 애는 둘인 건가요?”

“셋이요. 둘은 여기, 남은 한 애는 병원에.”

“치료가 어렵지 않다고 들었는데요. 오래가지 않아 낫는다고요.”

“그렇긴 한데 어디든 예외는 존재하는 법이니까요.”

소장은 쓰게 웃으며 말을 이어갔다. 정부는 다중신체 증후군을 앓는 아동에게 1년간 치료비를 지원

한다. 왜냐면 1년 안에 상태가 호전되어 융합하는 게 일반적이니까. 이 아이들은 달랐다. 발병하고 1년이 훌쩍 지난 지금까지 전혀 차도가 없었다. 소장은 아이들이 자라면 자랄수록 융합이 힘들어진다며 걱정했다.

"본인을 분리된 조각이 아닌, 하나의 독립된 개체로 인식하게 되거든요. 현재 상태에 만족하는 거지요. 그런 점에서 동물이 인간보다 치료율이 훨씬 높아요. 동물 패는 놈팽이들 때문에 보호소는 언제나 만원이지만."

"정말 힘드시겠어요. 보호소도 살피고 아이들도 돌보시고 말이에요."

"그러게요. 동물이야 보살피면 낫는다지만 사람은 쉽지가 않네요."

누렇게 뜬 얼굴만큼 누렇게 뜬 눈이 갑자기 정은을 쏘아보았다.

"저 애들은 퍼즐이나 마찬가지예요. 못나고 나쁜 어른들 때문에 저 모양으로 흩어졌지만 언젠가는 원래 모습으로 돌아오리라 믿어요. 그때까지는 내가 힘닿는 데까지 아이들을 돌볼 생각이고. 그나마 나니까 이만큼 감당하는 거고."

정은은 소장의 시선을 피해 바닥을 내려다보았다. 어느새 아이들의 웃음소리가 사라졌다. 스산한 바람이 목덜미를 스쳤다. 소름이 돋았다.

"…제가 너무 민감한 얘기까지 듣게 된 것 같아서 좀 그렇네요."

"내가 너무 예민하게 굴었다면 미안해요. 하지만 여기 와서 현성이에 관해 물은 사람은 아가씨가 처음이 아니에요. 애가 워낙 외로움을 많이 타는 성격이라, 마음에 드는 상대에겐 똥강아지가 따로 없어. 앵기고 이쁜 짓하고. 근데 이런 사정을 들으면 보통 고개부터 젓더라고. 너무하지, 가벼운 마음으로 물어볼 사정이 못 되는데 말이야."

소장이 정은의 어깨를 잡아 돌렸다. 이제 돌아갈 시간 아니냐며, 오늘 하루 고생 많았다며 정은을 밀어냈다. 등허리에 닿은 소장의 손바닥은 무척 완고하고 단단했다.

집으로 돌아가는 버스 안에서 정은은 주머니에 들어 있는 쪽지와 사탕 하나를 발견했다. 받은 기억이 없었고 가져온 기억이 없었다. 딱지처럼 접힌 쪽

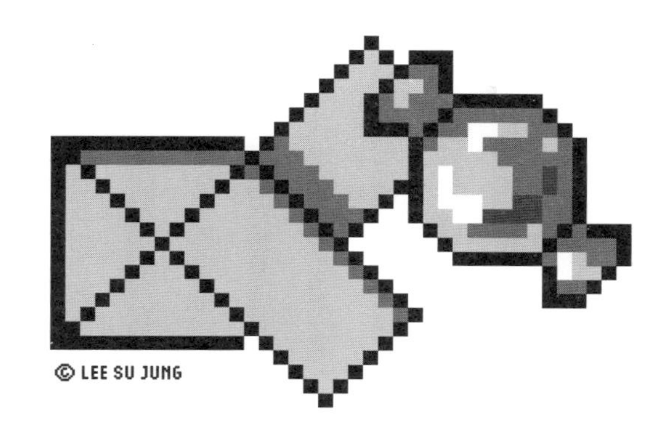
© LEE SU JUNG

지에는 색연필로 썼는지 알록달록하고 삐뚤빼뚤한 글씨로 이렇게 쓰여 있었다.

오늘 와주셔서 정말 고맙습니다. 나중에 또 오세요.
박현성 드림.

아이가 이걸 언제 주머니에 넣었는지 정은은 가늠하지 못했다. 사탕을 입 안에서 굴리며 글자를 손가락으로 하나하나 훑었다. '나중에 또 오세요.'

소장의 말이 떠올랐다. '마음에 드는 상대에겐 똥강아지가 따로 없어. 앵기고 이쁜 짓하고.'

자정이 다 되어 돌아온 집은 언제나처럼 어수선했다. 미처 정리하지 못한 강아지 장난감과 쿠션이 거실 곳곳에 나뒹굴었다. 현관 옆에 둔 간식 캔 상자가 발에 치였다. 주변에 개를 키우는 사람에게 나눠줘야지, 생각했던 게 벌써 두 달 전 일이었다.

정은에게는 무언가를 키우거나 관리하는 재능이 없었다. 개든 고양이든 수명의 반의반도 채우기 전에 일찍 죽었다. 심지어 동생이 잠깐 맡긴 고양이를 실수로 죽인 적도 있었다. 몇 달 전 키웠던 개는 산책 중에 유박비료를 먹고 죽었다. 사람이 없다고 목줄을 풀었던 게 화근이었다. 재능 없음의 영역은 동물에 국한되지 않았다. 두 번의 유산 끝에 남편은 떠났다. 개도 죽고 이제 집에는 정은 혼자뿐이었다.

이제는 무엇도 키우지 않을 생각이었다. 가족 간의 불화, 실패한 결혼 생활, 그에 따른 외로움을 핑계 삼아 데려오고 떠나보낸 동물들이 너무 많았다. 그런데 왜 자꾸 그 아이가 준 쪽지를 읽게 되는 걸까.

정은은 며칠 뒤 팀장에게 이야기해 보호소의 주소와 전화번호를 알아냈다. 없는 시간을 쪼개 기부를 핑계 삼아 보호소를 직접 찾아갔다. 마지못해 반기는 소장과 달리 아이는 진심으로 정은을 환영했다. 고사리처럼 작은 손으로 직접 차와 간식을 내왔고 정은을 끌고 다니며 보호소에 새로 들어온 동물을 보여주기도 했다. 정은이 집으로 돌아갈 시간이 되어서는 울상이 된 얼굴로 물었다.

"다음에도 또 오실 거죠?"

자신을 내다보는 소장의 시선이 냉랭했지만, 정

은은 못 본 체했다. 아이와 새끼손가락을 걸고 약속했다.

"다음에는 현성이 먹고 싶은 것도 사 올 테니 같이 먹자. 알겠지?"

다음부터 정은은 방문객이 아닌 자원봉사자로서 보호소를 찾았다. 일손이 부족한 곳이라 소장도 마다하지 못했지만 대신 고되고 더러운 업무가 돌아왔다. 난방이 되지 않는 외부화장실 청소나 동물의 똥오줌을 치우고 낡은 담요를 빨래하는 그런 허드렛일. 정은이 군말 없이 봉사하자 소장은 다른 일을 맡겼다. 죽은 동물의 나머지 신체를 돌보는 일이었다. 무리 중 한 마리만 단독으로 죽는 경우, 남은 신체는 쉽게 쇠약해지고 예민해지기 일쑤였다. 물림 사고가 빈번하게 일어났고 정은 역시 예외는 아니었다.

어느 날은 아이가 보는 앞에서 손을 다쳤다. 정은의 손에서 흐르는 피를 보며 아이는 자기가 다친 것처럼 눈물을 흘렸다. 병수발을 자처했다. 정은이 괜찮다고 말해도 소용없었다.

"사지 멀쩡한 사람이 남을 돕는 건 당연한 일이

랬어요. 전 멀쩡하니까 아줌마를 돕는 게 당연해요."

"그런 말은 또 어디서 배웠대. 소장님?"

"큰엄마는 아니고 엄마가 그랬어요. 엄마는 무척 좋은 분이셨어요."

아이는 그렇게 말했다가 갑자기 고개를 젓혔다.

"아니야! 엄마 보고 싶어서 한 말 아니야, 나도 엄마 싫어!"

아이는 금세 정신을 차렸지만 연신 코를 훌쩍였다.

"…다른 현성이는 엄마가 밉다니?"

"네. 평생 안 나타났으면 좋겠대요. 우릴 버렸다고요."

"현성이도 그래? 그러니까 아줌마 말은… 너네는 원래 한 명이라고 하니까 서로 같은 생각을 하는지…."

"잘 모르겠어요. 근데요, 엄마가 있으면 좋을 것 같긴 해요."

아이가 정은에게 몸을 붙였다. 옷자락을 붙들며 작게 소곤거렸다.

"친엄마가 아니어도 좋으니 그냥 옆에 있어줬으면 좋겠어요. 무슨 일이 있어도 절 사랑해줄 그런 엄마요."

정은은 잠시 아무 말도 하지 못했다. 소장의 경고가 없었어도 정은은 아이와의 스킨십을 자제했다. 손을 잡거나 머리를 쓰다듬거나 하지 않았고, 하물며 안는 일은 꿈도 꾸지 않았다. 그러나 자신을 올려다보는 아이의 젖은 눈이, 단 하나의 애정을 갈구하는 시선이 마음에 깊이 박혔다. 정은은 아이를 끌어안았다. 등을 토닥거리며 체온을 나눴다. 아이는 정은이 숱하게 떠나보낸 동물들처럼 부드럽고 따뜻했으며, 그들과 달리 살아 있었다.

아이는 한참 뒤에 몸을 떨어뜨렸다. 심기가 불편한 얼굴로 입술을 삐죽거렸다.

"현성이가 치사하대요. 자기도 엄마한테 안기고 싶다고요."

정은은 차마 나는 네 엄마가 아니야, 라고 말하지 못했다.

"하지만 그 현성이는 엄마가 싫다면서."

"걔 말고 다른 현성이요. 병원에 있는 애. 걔도 아줌마가 안아주는 걸 느꼈어요."

아이는 그렇게 말하고는 다시 정은의 옷깃을 붙잡았다.

“다음에도 또… 안아주면 안 돼요? 큰엄마한테는 비밀로 할게요.”

“안 돼. 소장님이 너흴 얼마나 아끼는데, 이런 일은 말씀을 드려야지.”

“아끼면 뭐요. 나만의 큰엄마가 아닌걸요. 난 그게 싫어요.”

소장에게 아이의 투정을 따로 알릴 필요는 없었다. 그날 소장은 정은에게 시내까지 데려다주겠다고 먼저 말을 꺼냈다. 흙길을 달리는 트럭 안에서 정은은 바짝 긴장했다. 안전벨트만 붙들고 있는데 소장이 입을 열었다.

“얼마 전에 병원에 다녀왔는데 오래 못 산다 그러더라고요.”

“아이들이요? 하지만….”

“그랬으면 내가 태연하게 정은 씨를 데려다주고 있겠어요?”

소장은 껄껄 웃으며 고개를 저었다.

“내가 많이 아프대요. 췌장암이라나 뭐라나. 황달이 간 때문인 줄 알았는데 아니었어. 몇 달 안 남았다 그래요.”

소장은 가벼운 어조로 말을 이어갔다. 아는 동물보호단체에 보호소를 넘길 예정이며, 가진 재산은 원체 없으니 치료비로 몽땅 나갈 것 같다는 넋두리 뒤로 현성이'들'의 거처 문제가 불거졌다.

"가까운 지인 중에 애 없이 사는 부부가 있어요. 그 부부가 안경 쓴 현성이를 무척 아껴. 걔가 공부를 엄청 열심히 하는데, 그게 자기들 눈에 기특하게 보였나봐. 여기 올 때마다 간식도 주고 용돈도 몰래 넣어주고 그러지. 내가 암이라니까 그러면 자기네가 현성이 데려다 키우면 안되냐 묻더라고."

"그러면 다른 현성이들은요? 걔네들도 모두 데려가겠대요?"

"영 내키지 않아 하는 데다 문제가 있어요. 우리나라 법이 신체 각자의 권리는 인정하지 않거든요. 셋이건 넷이건 일곱이던 간에 한 세트, 하나의 주민번호를 가진 한 명으로 취급하죠. 셋 중에 하나만 입양한다, 이런 건 불가능해요. 다만 위탁 보호는 가능하죠. 가능한데, 이 부부가 애가 없다 그랬잖아. 정부가 미쳤다고 양육 경험도 없는 가정이 아픈 애를 셋이나 돌보는 걸 허락하겠냐고. 근데 현성이가,

그니까 우리 똥강아지 현성이가 정은 씨를 무척 잘 따라."

그제야 정은은 소장이 무슨 말을 하고 싶은지 알아차렸다.

"하지만 저도 애를 키워본 경험이 없는걸요."

"나이가 서른은 넘었잖아요. 결혼도 해봤고 그 정도면 충분해."

"절 싫어하시는 줄 알았어요."

"싫은 건 아니고, 못 미덥고 걱정되는 거지. 그래서 못되게 굴었더니만 오래 버텼네."

"설마 시험하신 거예요? 저를?"

"아니라고 말은 못 해요. 근데 있지, 현성이가 눈치가 엄청 빨라. 누가 자길 예뻐하고 미워하는지 한눈에 알아봐. 그런 현성이가 정은 씨를 마음에 들어 해. 이 병을 치료하는 데 제일 중요한 요소가 평온하고 조용한 일상인데, 그런 편안함을 정은 씨에게서 느끼는 것 같아요."

어느덧 트럭이 시내에 도착했다. 소장은 대답을 주저하는 정은에게 한 달의 유예기간을 내줬다. 무리한 부탁임을 안다고 말했다. 승낙한다면 정은이 위탁모가 될 수 있도록 최대한 힘써보겠다고, 하지만 한 달이 지나도 답이 없다면 다른 시설이나 위탁가정을 찾아봐야 하는데 그게 아이에게 반가운 일은 아닐 것이라고 말했다.

반갑지 않은 일.

정은은 주어진 한 달 동안 그 '반갑지 않은 일'에 대해 생각했다. 방 한 칸짜리 소형 아파트에서 사는 자신의 처지를 생각했고, 미혼인 자신에게 향할 타인의 따가운 시선을 생각했고, 융합에 성공한 현성이의 다음 거처를 생각했다. 자신의 집은 결코 아닐 것이다. 입양이 어떻게 진행되는지 몰라도 미혼보다는 부부에게 유리할 게 분명했다. 그렇다면 이게 나에게 무슨 이득이란 말인가, 결국 떠나보내야 한다면.

한 달을 꽉 채워 보호소로 향하던 날, 정은은 아이를 위해 작은 선물을 준비했다. 작별 선물이었다. 위탁 보호 제안을 거절할 생각이었다. 저는 아이를 데리고 있을 사정이 못 되어요. 죄송해요. 그렇게 말할 생각이었다.

자기 몸집보다 곱절은 큰 개를 끌어안는 아이를

마주하며 굳은 결심은 속절없이 무너져버렸다.

사고라고 말할 것도 없었다. 그 개는 보호소의 터줏대감이었다. 젊은 여자에게 학대를 받아 몸이 분리되었고, 그 때문인지 정은이 근처를 지나가기만 해도 구석진 자리로 도망가기 바빴다. 꼬리를 자해하는 버릇 때문에 모두에게 입마개를 맸는데, 제일 조용하고 겁이 많은 신체가 그날은 정은을 피하지 않고 갑자기 달려들었다. 삽시간에 정은의 몸이 얼어붙었다. 손가락 하나 까딱하지 못했다. 바로 그때 아이가 뛰어들어 정은과 개 사이를 파고들었다. 입마개를 맸어도 무서울 법도 한데, 그런 기색 없이 개를 깊이 끌어안았다. 등허리를 계속 쓰다듬으며 괜찮아, 괜찮아, 하고 속삭였다.

"아줌마는 좋은 사람이야. 절대 널 해치지 않아. 내가 약속할게."

개는 아이의 품에서 금세 안정을 되찾았다. 길게 우는 소리를 내고는 고개를 떨구고 끼잉, 끼잉, 가느다란 신음만 흘려댔다. 때마침 환기를 위해 열어둔 창문에서 햇볕 한 줌이 스며들어 아이의 얼굴에 맺혔다. 늦겨울이라 목덜미에 스미는 바람이 찬데도 정은은 열이 오르는 것만 같았다. 아이를 중심으로 퍼지는 원형의 따스함. 아이가 고개를 돌려 정은을 바라본다. 가늘게 눈을 접어가며 얼굴을 찡그린다. 괜찮다는 정은의 말에, 누구보다 안도한 얼굴로 배시시 웃는다.

가슴이 벅차올랐다. 이 한없이 선하고 착하며, 누구보다도 자신을 좋은 사람이라 믿어주는 아이에게 '반가운 일'이 되어주고 싶다는 충동이 머릿속을 가득 휘저었다. 아이가 자신에게 달려와 안기면서, 햇볕을 머금은 아이의 정수리가 뺨에 닿으면서 충동은 척추를 타고 내려와 심장에 고였다. 고이고 가득 차올랐다가 기어코 넘쳐흘렀다.

정은은 선물을 가방에 되돌려놓았다. 그 길로 소장을 찾아갔다.

"제가 어떻게 하면 되는지 알려주세요."

두 달 뒤, 정은은 소장의 지인이 참석한 박현성III의 위탁가정 심사에 통과했다.

*

병원 주차장에 들어서자마자 낯익은 얼굴이 눈에 들어왔다. 김서희와 임송준 부부였다. 부부는 그들 소유의 외제차 옆에 서서 이야기를 나누는 중이었다. 못 본체하고 싶었지만, 그들이 먼저 정은의 빨간색 경차를 알아봤다. 잔뜩 굳은 두 얼굴에 반갑고도 불편한 기색이 섞여들었다.

정은은 일부러 멀찍이 떨어진 곳에 주차한 뒤 부부에게 다가갔다. 애써 미소 지으며 인사했다.

"일찍 오셨네요. 기다리셨어요?"

부부가 입을 모았다.

"아닙니다. 우리도 방금 왔어요."

거짓말이었다. 그들이 사는 강남에서 경기도 강아시에 자리한 이 병원까지는 차로 한 시간 거리였다. 새벽이었으니 그보다 빨리 왔을지도 모르겠다. 반면 정은이 사는 인천에서는 두 시간이 넘게 걸렸다. 주차장에서 정은을 기다린 게 틀림없었다.

송준은 잠깐만, 하며 자동차로 들어가서는 커피가 든 테이크아웃컵을 꺼내왔다.

"혹시 몰라서 한 잔 더 사 왔어요. 식었지만 먹을 만할 겁니다."

정은은 고맙다며 커피를 받으면서도 입에 대지는 않았다. *애가 죽었다는 소리를 듣고도 카페에 들를 여유가 있었구나.* 부부의 옷차림도 적절하지 않았다. 둘 다 가벼운 실내복 차림에 외투만 겨우 걸친 꼴이었다. 송준은 슬리퍼를 짝이 맞지 않게 신었는데 정은의 시선이 발로 향하자 부끄러웠는지 목덜미를 연신 쓸어댔다.

"워낙 경황이 없어서 말입니다. 마음이 급했네요."

"저도 그랬는걸요, 뭘. 너무 갑작스러웠잖아요."

정은은 마음에도 없는 말을 하며 병원을 가리켰다.

"얼른 가봐야죠. 경찰이 기다리고 있대요."

먼저 나서는 성격은 아니었지만, 이들 부부 앞에서 수동적으로 보이고 싶지 않았다.

동이 트기 전 병원 로비는 한밤의 야산처럼 조용하고 음침했다. 환자와 보호자로 가득하던 벤치는 텅 비었고 직원들이 부산스레 사람을 맞이하던 창구도 어둠에 휩싸였다. 정은과 부부는 희미한 조명을 따라 엘리베이터로 향했다. 로비와 달리 엘리베이터 안은 무척 환했다. 부부의 얼굴에 자리한 잔주름과 피로가 세세히 보였다. 아마 저들도 정은의 얼굴에서 비슷한 것을 보고 있을 테다. 거뭇한 눈두덩과 붉게 충혈된 눈, 창백한 낯빛 따위를.

마침내 엘리베이터가 열렸다. 차단문 너머의 다중신체 증후군 전문 병동은 무척 어수선해 보였다. 알록달록한 아동용 가구에 어울리지 않는, 칙칙한 인상의 어른만 가득했다. 대부분 흰색 방호복 위에 '과학수사'가 찍힌 검은색 조끼를 입었고 간혹 정장 차림의 이들도 눈에 띄었다. 정은은 인터폰을 눌러 의료진을 불렀다.

"현성이 보호자예요. 문 좀 열어주세요."

차단문이 열리자 경찰의 시선이 정은과 부부에게 향했다. 의료진은 각자 자기 할 일에 바빴다. 잠에서 깬 아이'들'을 통제하느라 정은과 부부를 신경 쓸 겨를이 없었다. 이미 아이 몇은 복도로 나와 경찰을 구경했다. 쌍둥이처럼 똑같이 생긴 얼굴로 손을 맞잡은 채 눈을 이리저리 굴렸다.

세 사람이 엉거주춤 병동으로 들어가자, 정장 차림의 중년 여자가 나타나 불쑥 말을 걸었다.

"현성이 보호자라고 했죠, 방금."

여자는 자신을 강아경찰서의 여성청소년과 소속 형사라고 소개했다.

"백금옥 경사입니다. 이 사건 담당은 아니고 대타예요, 대타. 원래 내년까지 병가였는데 위에서 급하게 쪼아대서."

형사는 그렇게 말하고는 연거푸 하품을 흘렸다. 눈곱을 떼어 튕기고 입을 쩝쩝 다시기도 했다. 그러고는 작은 병실로 정은과 부부를 안내했는데, 작은 침대 하나만 놓인 살풍경한 곳이었다. 옆 병실에서 아이 우는 소리가 벽을 타고 넘어왔다.

형사는 어디 앉으시라는 말도 없이 대뜸 침대에 누워버렸다.

"미안해요. 내가 얼마 전에 칼을 맞아서 오래 서 있으면 배가 쑤셔요. 양해해주십쇼."

정은은 조용히 부부를 살펴봤다. 서희는 미간을 찌푸리며 대놓고 불편한 티를 냈고 송준은 조용히 얼굴을 붉혔다. 정은은 자신의 얼굴이 둘 중 누구와 더 비슷할지 궁금해졌다.

형사는 천장을 올려다보며 말을 이어갔다.

"우선, 연락받으셔서 알겠지만, 새벽에 안 좋은 일이 있었어요. 우리 박현성 군이 화장실에서 사망한 상태로 발견되었습니다. 근데 보호자가 누군지 보니 한 명도 아니고 두 명도 아니고, 자그마치 세 명이나 되어서 일단 여기까지 와주십사 한 거죠. 세 분은 피해자와 관계가 어떻게 되십니까?"

정은이 먼저 입을 열었다.

"현성이가 다중신체 증후군 환자라는 건 알고 계시죠? 저휜 아이의 분리된 신체를 위탁 보호하고 있어요. 죽은 아이에 대해서는 공동으로 보호했고요."

"피해자 이름 옆에 II가 붙어 있는 건 봤죠. 공동으로 보호한다는 건 뭔 뜻입니까?"

"사정이 좀 있어요."

정은은 부부와 자신이 어떠한 연유로 두 명의 박현성을 각자 보호하게 되었는지 이야기했다. 가족을 잃은 아이, 연락 없는 친모, 췌장암을 선고받은 유일한 양육자. 그리고 서약서. 소장이 죽기 전 미리 납부한 병원비가 소진된 올해 봄부터, 세 사람은 보호자로서 현성의 병원비를 부담했다.

서희는 다른 설명을 덧붙이고 싶은 눈치였지만

끝내 입을 열지 않았다. 형사는 정은과 부부를 빤히 쳐다보았다.

"사정은 대강 알겠네요. 혹시 아이 친모 연락처 아시는 분?"

정은과 부부는 고개를 저었다. 친모에 대해서는 해외에 있다는 것만 알았다. 이름조차 알지 못했다.

"네네, 그건 우리가 알아본다 치고, 근데 애가 어떻게 죽었는지는 물어보지도 않네. 안 궁금해요?"

경찰은 왜 저리도 입이 가벼운 사람을 보낸 걸까. 정은은 애써 화를 억눌렀다.

"저희 애가 새벽에 발작을 일으켰어요. 그래서 연락이 왔을 때 어느 정도 짐작은 하고 있었어요."

서희와 송준도 고개를 끄덕였다.

"애가 악몽을 꾸는 줄 알았습니다. 종종 그러거든요. 아실지 모르겠지만 이 애들이 몸도 마음도 좀… 불편하잖습니까. 병이 병이다 보니."

"뭐, 제가 만나본 다중신체 환자가 한 트럭이니 보호자분들만큼 잘 알죠. 걔네들 상태야 언제나 개판이잖아요."

형사가 침대에서 일어나 바로 섰다. 눈두덩을 꾹

꾹 누르며 피곤한 티를 대놓고 냈다.

"아무튼, 알고 계시다니 그냥 말씀을 드릴게요. 오늘 새벽에 현성 군이 화장실에 쓰러져 있는 걸 간호사가 발견했습니다. 목에 깊은 상처가 나 있었고, 무기로 보이는 물건도 현장에서 발견이 되었어요. 처치했지만 출혈이 워낙 심해 회복하지는 못했고요. CCTV를 확인하니 현성 군이 화장실에 들어간 것까지는 봤는데 그 시각을 전후해 다른 환자가 들어가지는 않았습니다. 제 생각을 말씀드리자면, 뭐 쉬운 일은 결코 아닌데, 아무래도 자살로 보여요. 근데 중학교도 못 들어간 애가 다중신체 증후군 전문 병동에서 자살했다는 게 그리 정상적인 사안은 아니거든요."

병실 안의 공기가 싸늘하게 식었다. 형사의 말대로 이건 정상적인 사건일 수 없었다.

"분리병과 관련된 사건은 맨날 뒤끝이 안 좋아서 제대로 수사하라는 게 윗선 말씀이시고. 그런 고로 여기서 몇 마디 나누는 것만으로는 부족하다 느껴지니, 경찰서 가서 얘기 좀 나누자는 겁니다. 그리고 한 가지 부탁하는데, 주변에 누구에게든 이번 사건 얘기는 꺼내지 말아요. 언론이 이런 거 엄청 좋아하는 거 알죠?"

"저어, 형사님?"

서희가 가느다란 목소리로 물었다.

"그러면 저희가 아이 시신은 언제쯤 인수할 수 있을까요?"

"병원에서 얘기 안 했어요? 여기 세 분은 보호자이긴 해도, 박현성 군과 법적으로 남남이나 다름없잖아요. 시신 인수도 장례식도 안 됩니다. 일단 친모에게 연락하고, 이어서 친척도 알아본 뒤에 사정되는 사람에게 넘길 겁니다."

정은은 자기도 모르게 입을 감쌌다. 부부도 서로의 얼굴만 살필 뿐 당황한 기색을 감추지 못했다. 모두 예상하지 못한 일이었다. 시신을 데려가기는커녕 장례조차 치러줄 자격이 안 된다니. '박현성'과 법적인 가족이 아니라는 사실을 이런 방식으로 깨닫게 되리라고는 생각도 하지 못했다.

그때 복도에서 소란스러운 발소리가 들렸다. 문을 여니 과학수사대가 들것에 무언가를 싣고서 병동 로비로 향하고 있었다. 들것을 감싼 하얀 천 사이로 창백하게 질린 손 하나가 툭 나오는, 그런 영화 같은 일은 벌어지지 않았다.

다만 천 너머로 몸의 윤곽이 보였다. 정은은 저 앙상하고 마른 윤곽을 매일 아침 아들의 방에서 보았다.

아니지, 어제 낮에도 보았지.

추석에 혼자 내버려둔 게 마음에 걸려 정기 면회 날이 아닌데도 혼자 다녀왔었지. 날이 추웠다. 내의를 단단히 챙겨입고 아들이 어버이날에 선물한, 붉은 카네이션이 달린 목도리도 매고 갔다.

아이들은 감각 공유 때문인지 자극적인 음식을 좋아했다. 그래서 정은은 맵싸한 양념치킨 한 마리를 사 갔다. 간호사가 지켜보는 가운데, 병실에서 마주한 현성이는 언제나처럼 약에 취해 있었다. 초점이 잡히지 않는 눈으로 정은을 내다보며 자기 손등을 입으로 빨았다. 닭다리를 쥐여주자 그제야 관심이 치킨으로 옮겨갔다. 현성이는 아들을 빼닮은 얼굴로 입가에 양념을 묻히며 치킨을 먹어치웠다. 함께 사 온 1.5리터 콜라도 꿀꺽꿀꺽 다 마셨다. 만족스러운 얼굴로 트림했고, 가을 햇살을 맞으며 꾸벅

꾸벅 졸았다.

어제의 현성이는 여러모로 괜찮아 보였다.

멋대로 죽어버릴 것처럼 보이지 않았다.

들것에 실린 현성이의 시신은 빠른 속도로 정은과 부부를 지나쳐 차단문 너머로 사라졌다.

병원비를 수납하는 과정에서 약간의 실랑이가 생겼다. 부부가 한발 앞서 남은 병원비를 모두 처리했다는 것이었다. 안도의 한숨이 새어 나왔다. 병원으로 오는 내내 통장에 돈이 남아 있긴 할지 걱정이 되어 마음을 졸였다. 그러나 얼마 못 가 알량한 자존심이 고개를 치켜들었다.

"그러실 필요 없어요. 계좌랑 금액 말씀하시면 제가 보내드릴게요."

"괜찮다니까요. 이렇게까지 된 마당에 그러지 말아요."

웃는 낯과 달리 부부의 목소리는 예리하게 날카로웠다.

"형편이 넉넉지 못한 거 알아요. 그 돈으로 우리 현성이나 더 챙겨줘요. 그게 우리를 위한 거예요."

우리 현성이.

피가 머리로 몰리는 탓에 이마가 후끈거렸다. 정은은 가볍게 입술을 깨물었다.

"정말 감사해요. 이 은혜는 결코 잊지 않을게요."

피로에 젖은 부부의 두 눈이 자신의 얼굴을 제대로 헤아리지 못했기를 바라고 또 바랐다.

경찰 조사는 점심이 훌쩍 지나서야 끝이 났다.

걱정했던 것과 달리 조사 자체는 부드럽게 진행되었다. 새로 만난 형사는 상냥한 태도로 정은의 인적사항과 아들의 근황, 사건 시각에 어디에 있었고 그걸 증명할 증거나 사람이 있는지 따위를 세세하게 물었다. 아들과 얘기를 나눠야 할지도 모른다고 말했지만 강요하는 분위기는 아니었다. 정은은 한결 가벼워진 마음으로 경찰서를 나왔다가 뒷덜미에 스미는 한기에 깜짝 놀랐다. 경찰서 뒤에 자리한 야트막한 산에서 찬바람이 내려오고 있었다. 발목이 시렸다. 발걸음이 늦어졌고, 결국 주차장에 들어서기도 전에 부부와 맞닥뜨렸다.

"잘됐네요, 정은 씨. 마침 할 얘기가 있었는데."

부부는 마치 사냥감처럼 정은을 자신의 차 주변

으로 몰고갔다. 정은은 억지로 웃으며 빠져나갈 구석을 찾으려 했다.

"죄송한데 저 지금 당장 가봐야 해요. 현성이가 이 일 때문에 새벽 내내 앓았어요."

"오늘 일 때문에 많이 피곤한 것 압니다. 아이가 이렇게 될 줄 누가 알았겠어요. 하지만 산 사람은 살아야죠. 남은 아이들만이라도 어떻게든 지켜야 하지 않겠습니까."

서희가 정은의 손을 붙들었다.

"여기서 시간을 더 지체하면 치료 효과가 떨어진다는 거 알고 있잖아요."

정은은 부르르 몸을 떨었다. 손바닥에 밴 식은땀 때문인지 서희의 손은 무척 차고 축축했다.

"정은 씨에게도 힘든 결심이라는 거 알아요. 그래도 더는 안 되겠어요. 오늘 일로 현성이의 십수 년이 순식간에 날아갔잖아요. 우리가 지금껏 낭비한 시간 때문에 그렇게 되었다고요. 무슨 뜻인지 알죠?"

정은은 서희의 손을 차마 뿌리치지 못하고 고개를 끄덕였다.

"당연하죠. 제가 어떻게 모르겠어요. 근데 말씀하

시는 게 꼭… 저 때문에 현성이가 죽었다는 말처럼 들려서 좀 그렇네요. 제가 애들을 얼마나 아끼는지 아시잖아요."

"이번 주 안에 일정 잡고 연락할 테니 그때는 무시하지 말고 전화를 받아달란 뜻이에요."

"저요, 두 분 연락 무시한 적 없어요. 바빠서 늦게 확인했다고 몇 번이나 말씀을…."

부부는 더 듣지 않고 정은의 어깨를 토닥였다.

"중학교에 들어가기 전에는 어떻게든 해결을 봐야지 않겠습니까. 그래야 애도 학교에 적응을 잘할 테고 말입니다."

"몸도 지금보다 훨씬 나아질 테고요. 정은 씨에게도 좋은 일이에요. 애 키우는 게 보통 힘든 일이 아니잖아요."

"어떻게든 시간을 만들어봐요. 정은 씨라면 우리를 위해서 그럴 거라 믿습니다. 제발 우리가 복지사에게 연락하게 하지 말아줘요."

그리고 송준과 서희는 번갈아가며 정은을 포옹했다. 방금 입 밖으로 꺼낸 말이 협박이 아니라는 것처럼, 각자 위로를 포장해 정은을 끌어안고는 작별 인사를 건넸다. 멀어지는 부부의 등을 보며 정은은 한 발짝도 움직이지 못했다.

저들의 말이 옳았다. 부부의 걱정은 보호자 된 처지에서 매우 정당했다. 인격적으로도 매우 성숙한 사람들이었다. 부부는 지난 2년간 정은이 융합 치료를 꺼리는 것을 보고도 눈감아줬다. 그리고 오늘 박현성II가 죽으면서, 부부는 정은을 참아 넘길 수 없게 되었다.

DSM* 제2판에 등재되기 전까지, 다중신체 증후군은 폭력과 충격적인 경험으로 생기는 지체 장애로 잘못 여겨졌다. 그런 그 시절에도 치명적인 후유증에 대해서는 잘 알려진 바였다. 극단적으로 성격이 치우치는 증상을 말하는 것이 아니었다.

분리된 신체는 오래 살지 못한다.

신체의 모든 구성기관이 n분의 1로 나뉜 상태에서 온전한 사람 꼴을 하려니 속 알맹이가 정상일 리 없었다. 분리된 수만큼 그들의 숨과 시간이 나뉘었다.

---

* Diagnostic and Statistical Manual of Mental Disorders, 미국 정신의학회의 정신질환 진단 및 통계 편람

많이 분리되면 짧게 살고, 적게 분리되면 길게 사는, 아주 간단하고도 당연한 이치대로 살다 죽었다.

다중신체 증후군이 지체 장애와 정신질환이 결합한 형태라는 것이 밝혀지며 치료율은 획기적으로 올라갔지만, 예전에 소장이 말한 대로 언제나 예외는 존재했다. 인터넷에 검색하면 분리병으로 아이를 떠나보낸 사람들 글이 수두룩했다. 분리병 사망자는 여러 개의 관과 수의를 마련해야 하므로 장례업계에서 환영한다는, 웃지 못할 농담도 돌아다녔다.

아들을 집에 들이면서, 그리고 아들에게 엄마라고 불리기 시작하면서, 정은은 그런 사연과 정보를 곳곳에서 수집했다. 책, 드라마, 분리병 환자의 가족이 운영하는 블로그와 인터넷 커뮤니티. 사랑하는 가족을 떠나보낸 글을 보았고 그에 공감하며 눈물을 흘렸다. 때로는 자신이 직접 커뮤니티에 글을 올리기도 했다. 아들은 정은의 곁에 찰싹 달라붙어 슬픔을 함께 나눴다. 정은의 손을 꼭 잡으며 이렇게 말하곤 했다.

"난 엄마랑 평생 함께할 거야. 저렇게 멋대로 죽지 않을 거야."

누구도 정은을 그렇게 사랑한 적이 없었다. 전남편은 물론 여동생조차 정은을 불편하게 여겼다. 그러니 정은도 아들을 위해 마음을 다잡아야 하는데, 쉽지가 않았다.

왜 이렇게 어렵나. 왜 아들을 살리는 일을 망설이게 되는가.

박현성은 세 명으로 나뉘었고, 성인 남성의 평균수명을 생각해 각자 남은 시간은 13년 전후였다. 이대로 융합하지 않으면 아들은 13년 후에 죽는다. 평온하고 행복한 미래는커녕 30대조차 기대할 수 없게 된다.

그러나 정은에게도 변명거리는 있었다.

추해 빠진 변명이라도, 마음을 다잡기 어려운 이유가 있었다.

✶

한평생 아픈 동물을 위해 헌신하신 우리 제르투르다 자매님께서 영면하셨습니다.

소장은 호스피스 병동으로 옮겨간 뒤 두 달도 지

나지 않아 세상을 떠났다. 정은은 아이의 손을 꽉 붙들고 함께 장례식장으로 향했다. 아이는 소장님이 돌아가셨다는 소식을 들었을 때부터 소리 죽여 눈물을 흘렸다. 울면서도 장례식장을 앞장서서 걸어 나갔다. 처음 온 곳인데도 마치 제집인 것처럼 헤매지 않고 곧잘 길을 찾아냈다.

정은은 빈소에 들어선 뒤에야 왜 아이가 거침없이 발을 옮겼는지 알게 되었다. 비닐이 깔린 식탁 사이로 안경 쓴 아이가 밥을 먹고 있었다. 박현성I이었다.

정은은 국화를 헌화한 뒤 현성이에게 다가가 인사했다.

"안녕, 현성아? 아줌마 기억하니?"

현성이는 정은을 흘깃 보고는 고개를 까닥거렸다. 기어가는 목소리로 대꾸했다.

"안녕하세요."

그러고는 이내 손에 들고 있는 핸드폰으로 고개를 돌렸다. 현성이의 옆에는 나이가 지긋한 중년 남녀가 앉아 있었는데 그들이 바로 김서희와 임송준 부부였다. 서로 통화만 했지 얼굴을 보는 것은 그때가 처음이었다. 정은은 낯설고도 불편한 기색을 감추며 부부와 이야기를 나눴다. 소장과 보호소에 얽힌 추억을 주고받은 지 얼마나 지났을까, 맞은편에 앉아 있던 현성이가 서희의 가방에서 무언가를 꺼내 식탁에 펼쳤다. 중학교 1학년 수학 문제집이었다. 부부가 쓴웃음을 지었다.

"내일 학원에서 쪽지시험이 있어서 그래요. 너무 신경 쓰지 말아요."

현성이는 고개도 들지 않고 말했다.

"저번에 문제 하나를 틀려서 2등 했거든요. 절대 못 참아요, 이번에는 꼭 1등 해야 해요."

작은 손이 페이지를 휙휙 넘기며 수학 문제를 풀었다. 무언가에 몰두할 때 눈도 깜박이지 않는 버릇은 아이와 같았으나, 정은은 공부에 집중하는 현성이가 어딘지 모르게 거슬렸다. 왜일까, 아이와 똑같은 얼굴과 목소리, 같은 버릇을 가진 저 아이가 왜 이리 불편한 것일까.

오래 고민할 필요 없이 대답이 주어졌다. 소장의 친구로 보이는 이들이 빈소로 들어와 영정을 붙잡고 통곡하던 그때, 현성이가 눈살을 찌푸리며 혀를 찼다.

서희가 가방에서 작은 통을 꺼내 현성이에게 건넸다.

귀마개였다.

현성이는 귀마개를 귀에 꽂고 다시 문제집에 코를 박았다.

정은은 난감한 마음으로 현성이를 바라보았다. 사람의 오열을 소음으로 여기는 현성이 앞에서 어떤 얼굴을 해야 할지 몰랐다. 다시 보니 현성이의 뺨에는 눈물 자국 하나 없었다. 자기를 거뒀던 사람의 장례식에서 어쩜 저리 태연할 수가 있나, 불안하거나 슬픈 기색 하나 없이 어떻게, 짐승 새끼도 가족이 죽으면 슬퍼하는데, 어쩜 저리 어린애답지 않게.

정은의 옆에 가만히 앉아 있던 아이가 갑자기 몸을 일으켰다. 정은의 팔을 붙잡고 흔들었다.

“저 화장실 갈래요. 근데 어딨는지 모르겠어요.”

나중에 다시 생각해보니, 아이가 화장실이 어디 있는지 모를 리 없었다. 그때 눈치챘던 게 아닐까. 너른 식탁을 가득 메웠을 정은의 불쾌감을, 꺼림칙함을, 경우도 예의도 모르는 아이를 향한 혐오감을. 그래서 정은을 현성이에게서 떨어뜨린 것인지도 모른다. 현성이에게 향하는 적의는 곧 자신을 향한 적의

나 마찬가지였으므로.

시간이 더 지나 정은은 현성이의 특성으로 미루어 장례식장에서 왜 그렇게 행동했는지 알게 되었지만 한번 머릿속에 박힌 인상은 쉬이 지워지지 않았다. 가족의 장례식장에서 귀마개를 끼고 공부하는 박현성I의 모습이 도돌이표처럼 반복되어 떠올랐다.

박현성II 역시 마찬가지였다.

소장과 나눠 가진 것은 서약서뿐만이 아니었다. 박현성II의 보호자 위임장도 함께였다. 장례식이 끝나고 정은과 부부는 위임장을 들고 함께 병원을 찾았다. 그들은 그때껏 아픈 현성이를 만나본 적이 없었다. 정신적으로 매우 불안정하다는, 막연한 설명만 전해 들었을 뿐이었다.

병원 원무과가 위임장을 검토하는 동안 주치의의 안내에 따라 다중신체 증후군 전문 병동으로 발을 옮겼다. 우려와 달리 병동은 산뜻하고 편안해 보였다. 모습이 같은 아이들이 모여앉아 텔레비전을 보고 동화책을 읽었다. 보드게임을 하거나 바닥에 엎드려 낮잠을 자는 아이들도 눈에 띄었다.

"영화나 드라마에서 폐쇄 병동을 무섭고 음침한 곳으로 그리는데, 사실 그렇지는 않습니다. 아이들의 상태를 고려해 저희도 신경 쓰고 있어요."

로비에 가득한 아이 중 박현성은 어디에도 보이지 않았다. 주치의는 복도 깊숙한 곳으로 정은과 부부를 데려간 뒤 병실 문을 열었다. 현성이는 창문 옆 침대에 앉아 있었다. 창문의 쇠창살 너머로 들어온 햇빛이 현성의 얼굴에 걸쳐져 인상을 흐릿하게 만들었다. 그렇게 마주한 현성이는…… 썩 괜찮아 보였다. 시선 처리가 이상했고 침을 흘리긴 했어도, 정말 괜찮아 보였다. 약을 먹지 않으면 일상생활이 불가능한 정도의 우울증이라느니, 허벅지를 꼬집는 자해 증상 때문에 손톱을 바짝 깎을 수밖에 없다느니 하는 주치의의 말이 믿기지 않을 정도였다. 정은이 기꺼운 마음으로 다가가자 현성이는 입가에 흐르는 침을 닦지도 않고 말했다.

"엄마! 한참 기다렸잖아. 어디 갔다가 이제 와?"

정은의 옆에 서 있던 서희가 반 발짝 뒤로 물러섰다. 훔쳐본 송준의 얼굴에는 당혹스런 기색이 섞여 있었다.

"오늘 저녁에는 뭐 먹어? 또 만두는 아니지? 엄마 만두 너무 밍밍하고 맛없단 말이야, 나 돈까스 먹고 싶은데."

소름이 돋기는 정은 역시 마찬가지였다. 어제 아이와 함께 만두를 먹긴 했지만, 눈앞의 현성이와 함께 먹은 것은 아니었다. 그 순간 현성이가 정은과 부부를 향해 손을 뻗었다. 정은은 벽에 등을 붙이며 손을 피했지만 이내 깨달음이 밀려왔다. 아이들이 보고 있다.

위탁 부모가 자신의 신체를 피하는 모습을 현성이의 눈을 통해 보고 있다.

현성이는 자신에게 낯을 가리는 어른들을 이상한 눈으로 쳐다보다가 창문으로 시선을 돌렸다. 쇠창살 사이로 눈을 박고는 입을 헤 벌리며 침을 흘렸다.

주치의는 신체 간의 감각 공유로 인한 부작용이라고 이야기했다. 우울증으로 인지력이 약해진 상태에서 다른 신체의 감각 정보를 제 것인 양 받아들이다 보니 뇌에 혼선이 왔다고, 어쩔 수 없는 일이라며 안타까워했다.

"약물과 심리 치료를 병행하고 있지만 다른 신체와 융합하지 않는 한 유의미한 수준에 이르지는 못할 겁니다. 육신이 제 기능을 못 하는 현 상황에서는 어떤 치료든 임시방편에 불과해요."

주치의는 다른 박현성'들'도 병원에 입원해 치료받기를 권했다. 한 공간에서 함께하는 시간이 늘수록 일체화하려는 본능이 강해진다는 것이었다.

부부가 서로의 손만 잡는 동안, 정은은 주치의의 말에 조금도 집중하지 못했다. 자신을 엄마라고 부르던 현성이의 흐릿한 눈이 자꾸만 떠올랐다. 환자복 상의를 적시던 침도, 사시나무 떨듯 흔들리던 몸과 팔도 뇌리에서 지워지지 않았다.

부부가 잠시 자리를 비운 사이, 목소리를 낮춰 주치의에게 물어보았다.

"제가 아직 이 병에 대해 모르는 게 많아서 말인데요, 신체마다 두드러지는 특성이 있다고들 하잖아요. 어느 신체는 화를 잘 내고, 어느 신체는 운동에 집착하고 이런 거요. 만약 아이들이 융합되면 그런 것들은… 어떻게 되는 거죠?"

"보호자분. 그건 원래 모든 아이가 가지고 있는

특성들이에요. 선천적이든 후천적이든 부정적이든 긍정적이든, 아이가 분리되기 직전까지 가지고 있던 것들이죠. 그걸 신체별로 나눠 가진 것에 불과합니다. 융합은 육체뿐 아니라 그런 성격적인 면까지 통합해서 서로 어울리게 만들어줘요. 보호자분의 예시대로라면 그 아이는 성미가 급하고 운동을 좋아하는 성격으로 거듭나지 않을까요?"

병원에서 나오는 길에 정은은 부부에게 말했다.

"아직 입원치료까지는 아닌 것 같아요."

부부는 의아해하는 눈치였다.

"선생님 말씀 들었잖아요. 그 방법이 제일 효과적이라고…."

"우리 애들이 저 현성이처럼 정신이 오락가락한 수준은 아니잖아요. 소장님이 돌아가신 지도 며칠 안 되었고요. 이런 상황에서 아이들을 입원까지 시키고 싶지 않아요."

"하지만 나쁜 곳으로는 보이지 않았는데 말입니다. 입원한 애들 상태도 괜찮아 보였잖습니까."

"그래도 우리와 떨어져 지내야 한다는 뜻이잖아요. 이런 힘든 시기에, 며칠씩이나."

정은이 힘주어 말하자 부부는 잠시 눈길을 주고받았다. 서희가 한숨을 길게 내쉬었다.

"그건 그래요. 정은 씨네 아이가 특히 힘들어했죠. 아직 여유를 갖는 게 좋을지도요."

"입원보다는 평소에 자주 얼굴을 보는 편이 더 좋지 않을까요? 일단 애들이 각자 안정된 뒤에 치료를 시작해도 늦지 않을 거라고 생각하거든요. 저는."

부부는 그 말도 맞다며 고개를 끄덕였다. 그때의 부부는 정은이 아이들의 치료를 차일피일 미루리라는 사실을 미처 몰랐다.

"정은 씨 말대로 처음부터 너무 무리하지 않는 게 좋겠습니다. 애들에게도 그게 낫겠다는 생각이 드는군요."

가슴 한편이 따끔거렸다. 아이들의 남은 시간을 떠올리자니 입이 바싹 말랐지만, 정은은 모른 체하며 입술을 핥았다. 부부의 말을 따라 말했다.

"그렇죠? 현성이들에게도 그게 훨씬 나을 거예요."

✶

밖에서 내다본 여동생의 집은 불이 꺼져 있었다. 초인종을 누르니 잠기운이 밴 아들의 목소리가 들려왔다. 1분도 지나지 않아 현관문이 요란한 소리를 내며 열렸다. 멀쩡히 살아 있는 정은의 아들, 정은의 박현성이 환한 미소를 짓고 있었다.

"엄마."

코가 시큰거렸다. 형언할 수 없는 감정이 몸속 가득 밀려들었다.

여동생은 집 안 어디에도 보이지 않았다. 약속이 있어 나갔다는데 근처에 산다는 애인을 만나러 간 것이 틀림없었다. 고작 한나절짜리 부탁인데 제대로 봐주는 법이 없었다. 부아가 치밀었지만 뒤늦게 밀려든 피로에 한숨만 나왔다. 바닥이 싸늘했다. 아들의 손은 그보다도 더 싸늘하고 차가웠다. 정은은 난방을 끝까지 올린 뒤 아들과 함께 소파로 갔다.

"아들, 밥은 먹었어?"

"응. 이모가 짜장면 시켜줘서 그거 먹었어. 엄마는 밥 먹었어? 안 먹었어? 냉장고에 사과 있어. 엄마

사과 좋아하잖아. 깎아줘?"

"아니. 엄마 지금 배 안 고파. 나중에 먹을래."

아들의 어깨에 머리를 기대고 있자니, 근심걱정이 단숨에 날아가는 것 같았다. 덩달아 눈꺼풀이 무거워졌다. 아들이 속삭였다.

"현성이는? 만나고 왔어?"

한참의 고민 끝에 정은은 고개를 저었다.

"있지. 엄마는 현성이를 배웅을 못 해준대. 엄마가 그럴 자격이 없대."

"왜 자격이 없어? 엄마가 현성이 보호자잖아."

"그렇지만 가족이 아니래. 그래서 안 된대."

말을 꺼내자마자 목이 멨다. 정은은 큼큼, 소리를 내 목을 가다듬었다.

"경찰 아줌마가 말하길 네 다른 가족부터 찾아보고 아무도 없으면 강아시에서 대신 장례를 치러줄 거래. 우리에게 연락 주겠다고 했어. 네가 현성이의 제일 가까운 가족이잖아."

"제일 가까운 게 아니야, 현성이는… 나였어. 우리였단 말이야…."

정은은 아들의 등 뒤로 팔을 뻗어 어깨를 잡아끌

었다. 침울한 목소리가 이어졌다.

"사실은 있지… 나 봤다? 현성이가 죽기 전에."

정은은 놀란 티를 내지 않으려 노력했다.

"뭘 봤는데?"

"현성이가 화장실에 들어가자마자 거울을 봤어. 옷 안에서 뭘 꺼냈는데 그거 있잖아, 내가 엄마에게 어버이날에 줬던 거. 카네이션."

정은도 그 카네이션을 기억하고 있었다. 목도리에 달려 있던, 천으로 만든 어른 주먹만 한 크기의 카네이션 브로치. 핀 부분이 무척 크고 두꺼웠다. 집에 돌아와서야 없어졌다는 사실을 알았지만 크게 신경 쓰지 않았다. 몇 번 잃어버린 적이 있지만 모두 차 안에서 찾았기 때문이었다.

현성이는 대체 언제 그 카네이션을 챙겼던 걸까. 간호사도 함께한 자리에서, 대체 언제 어떻게.

"현성이가 거울에 손을 대고 말했어. 이제야 아빠랑 현서를 만나러 갈 수 있게 되었다고. 그러니까 너네는 맛있는 거 많이 먹고, 즐겁게 실컷 놀고, 잘 살다가 오라고 그랬어. 나도 현성이도 꿈을 꾸는 줄만 알았어. 근데 우린 걔가 왜 그랬는지 알아. 걔는 너

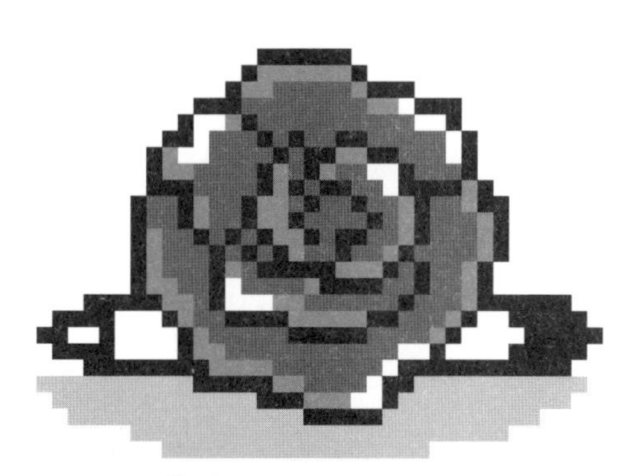

무 오래 아팠잖아요. 그치? 걘 맨날 천장만 봤잖아 엄마도 없이. 있잖아, 걔 거울 보면서 계속 울고 있었어. 근데 나랑 현성이는 위로하고 싶어도 아무것도 못 했어. 자고 있었으니까."

정은은 궁금했다. 아들이 대체 어디서 어디까지 보았는지, 꿈결로 넘어가도 될 일을 왜 그리 세세히 기억하는지.

한편으로는, 이미 죽어서 싸늘해진 현성이에게 따져 묻고 싶었다. 왜 이런 짓을 벌여서, 왜 그렇게 고통스러운 방법을 써서 내 아들을 아프게 만들었느냐고. 아들의 목에는 여태 무수한 피멍이 남아 있었다. 평생 사라지지 않을 상처이자 고통이었다.

혼란스러운 머릿속으로 아들의 목소리가 흘러들었다.

"엄마, 엄마, 울지 마."

아들이 정은을 끌어안았다. 정은은 분을 못 이겨 흘린 눈물을 황급히 슬픔으로 포장했다.

"현성이가 그렇게 되어서 엄마가 너무 속상해. 네 앞에서는 괜찮고 싶은데 그게 안 되네. 엄마가 미안해."

"왜 미안해. 현성이는 좋은 데 간 거야. 아빠랑 현서도 만났을 테고 분명 잘 지낼 거야. 괜찮을 거야. 우리도 괜찮을 거야."

이상했다. 분명 조금 전까지 아들의 손은 얼음장처럼 차가웠는데 지금은 갓 끓인 곡차처럼 따끈했다. 늦은 햇볕 한 줌이 창문으로 넘어와 아들의 머리 위에 내려앉았다.

문득 그날이 떠올랐다. 아들이 자기 몸집만 한 개를 끌어안았던 그날, 연신 개의 등을 쓰다듬으며 괜찮아, 괜찮아, 하던 작은 손이 지금은 정은의 손을 쓸어내리고 있었다.

그때 정은은 이 한없이 선하고 착하며, 누구보다도 자신을 좋은 사람이라 믿어주는 아이에게 '반가운 일'이 되어주고 싶다고 생각했다. 무슨 일이 있어도 이 아이의 편이 되어주겠노라고, 함께하겠노라 맹세했다.

사람 같지도 않은 다른 현성이들은 필요 없다. 오롯이 그 자체로 완전하고 정상인 이 아이를 위해 정은은 뭐든 바칠 수 있었다.

"그래, 아들. 우리는 괜찮을 거야."

정은은 코를 훌쩍이며 되뇌었다.

"엄마가 무슨 수를 써서든 괜찮게 만들 거야."

정은은 아들의 체온에 기대어 위안을 얻었다. 혼자여서 더욱 완벽한 하나의 몸을 끌어 안았다.

*

박현성의 친모는 끝내 나타나지 않았다. 외가 친척은 물론 친가 친척도 모두 박현성II의 시신 인수를 포기했으므로, 결국 강아시의 주관으로 장례가 진행되었다. 하루 만에 입관과 화장이 진행되는 방식의 매우 간소한 장례였다. 강아시의 배려로 아들과 현성이가 화장장 뒤에 마련된 유택동산에서 직접 재를 뿌렸다.

정은은 경찰에서 걸려온 전화 때문에 그 광경을 직접 보지 못했다. 그들이 카네이션 브로치의 출처를 알아냈다. 조만간 경찰서에 다시 들려야 할 참이었다. 실수였다고, 정말 일부러 흘린 게 아니라고 경찰을 설득해야 할 것이다. 벌써부터 머리가 아팠다. 정은에게 향하는 부부의 시선도 따가웠다. 정은은 머리를 계속해서 쓸어내리다가 핸드폰에 떠오른 새로운 알림창을 발견했다. 누군가 정은이 분리병 커뮤니티에 쓴 글에 비밀댓글을 달았다. 정은은 급한 볼일을 핑계 삼아 아들을 부부에게 맡기고 자동차로 돌아갔다. 운전석에 올라타 문을 잠갔다.

정은이 커뮤니티에 올린 글은 별것 아니었다. 아들의 치료가 늦어져 걱정이라는, 설사 융합에 실패한대도 아들을 살릴 다른 방법은 없겠느냐는 투정에 가까운 글이었다. 여러 사실을 축약하고 생략한 그 글은 별 호응을 얻지 못했다. 고작 해봤자 비슷한 처지의 유저 한두 명이 공감하는 정도였고, 출처가 불분명한 한약이나 영양제 광고만 여럿 달렸다. 어차피 큰 기대도 안 했다고 자위했지만, 누군가 직접 연락한 것을 보니 긴장감에 입안이 바싹 말랐다.

댓글을 단 이는 커뮤니티의 부관리자급 유저였다. 이모티콘 하나 없는 간결한 문장이 정은이 쓴 글 아래에 달려 있었다.

어머님이 뭘 걱정하시는지 알겠습니다. 제가 어머님께 도움 드릴 사람을 알고 있어요. 여기 들어가서 한번 둘러보시고 박사님과 말씀 나눠보세요. 저도 이분 덕에 딸을 살렸어요.

정은은 홀린 듯이 더 고민도 하지 않고 링크를 눌렀다. 핸드폰 화면 위로 푸른 눈의 백인 가족이 푸른 초원에서 서로 손을 맞잡은 채 환히 웃고 있는 영상 배너가 떠오르더니, 이내 길쭉한 모양새로 이어진 외국의 섬나라 전경이 눈에 들어왔다.

융합 치료에 지친 당신과 아이들을 위하여.

새로운 삶이 이곳에서 여러분을 기다리고 있습니다.

2

박현성

경찰이 아이를 발견한 곳은 높다란 소나무 위였어요.

구름 한 점 없이 동그란 달만 휘영청 뜬 밤이었지요. 몇 시간 전 내린 싸라기눈 때문에 숲에 하얀 카펫이 깔려 있었어요. 경찰은 인근 주민의 안내를 따라 숲을 걸어나갔고, 까마득한 절벽 아래에서 그것을 발견했어요.

중년 남자와 어린 여자아이의 시신이었지요.

눈 위로 붉은 피가 동그랗게 번져 있었어요.

늙은 경찰이 무전으로 시신을 발견했다고 알리는

동안, 젊은 경찰은 주변을 둘러보았어요. 그러다 우는 소리에 화들짝 놀라 소리가 들린 쪽으로 손전등을 비췄는데 세상에, 절벽과 가까운 소나무 가지에 아이의 몸이 걸쳐져 있는 게 아니겠어요. 샛노란 조명에 비친 아이의 얼굴은 시뻘겋게 얼어 있었어요. 눈을 꿈뻑꿈뻑하면서도 우는 소리 말고는 아무 말도 하지 못했어요. 급하게 숲으로 구급대원이 들어찼어요. 그들은 절벽에 로프를 걸어 소나무까지 내려와 아이를 안아 들었죠. 절벽에 발을 통통 튕기며 내려왔어요.

아이는 바닥에 내려오자마자 아빠와 여동생부터 찾았어요. 이내 무수한 조명이 바닥에 덮인 흰 천을 비추는 것을 발견했어요. 바람에 살짝 말려 들어간 천 너머로 그들의 발이 나왔지요.

양말만 신은 아빠와 여동생의 발은 무척 추워 보였어요.

신발을 신겨주고 싶지만 안 돼요. 신발은 절벽 위에 놓여있을텐데, 아이는 거기까지 다시 올라갈 힘이 없어요. 아빠에게 업혀 있던 여동생이 계속 잠만 자던 게 기억나요. 아이가 울고불고 난리를 피워도 아무것도 들리지 않는다는 듯이, 죽은 것처럼 잠만 잤어요.

그리고 정말 죽어버렸지요.

문득 숨이 쉬어지지 않았어요.

가슴이 턱 막혔고 목에서 돼지 우는 소리가 났어요.

엄마가 보고 싶은데 어디에도 보이지 않았어요. 사지가 뜯겨나가는 것 같았어요. 팔과 다리와 몸이 말 그대로 찢어지는 것 같았어요. 너무 아파서 아이는 계속해서 비명을 질렀어요. 목에서 찝찌름한 피 맛이 나든 말든 신경 쓸 겨를도 없이 계속해서, 소리를 지르고 또 질렀지요.

그리고 이내 비명이 겹쳐서 들리기 시작했답니다.

"내 이럴 줄 알았지."

엄마가 중얼거리는 소리에 아이는 잠에서 깨어났어요. 안대를 걷자 차창에 수북이 쌓인 눈 결정이 보였어요. 시커먼 하늘 아래서 싸라기눈이 하늘하늘 춤을 추며 내려왔지요.

눈이 온다는 얘기는 없었어요. 어제부터 들여다본 기상정보란에는 구름만 가득했지 눈사람은 없었거든요. 엄마는 와이퍼로 눈 결정을 쓸어내며 볼멘소리를 냈어요. 이러다 사고 나면 답이 없는데, 그런 말을 하다가 아이를 향해 눈을 돌렸지요.

"아들, 깼어?"

아이는 고개를 끄덕였습니다. 족히 한 시간은 잔 것 같아요. 무언가 꿈을 꿨는데 기억은 나지 않았어요.

내비게이션은 목적지까지 20분가량 남았다고 엄마에게 알려줬어요. 아이는 가방에서 보온병을 꺼냈어요. 따뜻한 보리차를 뚜껑에 따라 엄마에게 건넸어요.

"엄마 말대로 일찍 출발할 걸 그랬어. 시간 너무 오래 걸려."

"눈 내려서 그래. 근데 보리차는 언제 챙겼어?"

"아까 나오기 전에."

엄마는 위가 약했어요. 찬 것을 먹지 못했지요. 한여름에 마시는 찬물조차 꺼릴 정도였어요. 아이는 엄마와 함께 나갈 때마다 보온병에 따뜻한 곡차를 챙겼습니다. 혀가 데지 않도록 적당히 식힌 뒤에 넣곤 했지요.

"아들이 이렇게 챙겨주니 엄마가 참 좋네. 너도 마셔, 아들. 바깥 공기가 무척 찰 거야."

따뜻한 곡차는 아이의 취향이 아니었어요. 아이는 한겨울에도 차갑고 톡톡 튀고 달콤한 탄산음료를 즐겼거든요. 콜라와 사이다, 환타 같은 것들이요. 하지만 엄마가 시키는대로 하면 엄마가 좋아하니까, 아이는 군말없이 보리차를 홀짝였어요. 얼음 가득한 콜라가 그리웠지만 꾹 참아넘겼어요.

얼마 지나지 않아 자동차가 고속도로를 벗어났어요. 좁고 구불대는 흙길을 한참 달린 끝에 1층짜리 벽돌 건물이 모습을 드러냈지요. 차에서 내리기 무섭게 개 짖는 소리가 들렸어요. 악에 받친 울음소리지만 아이는 조금도 무섭지 않았습니다. 익숙했거든요.

큰엄마가 돌아가신 뒤 보호소는 이사를 반복하다가 이곳에 자리를 잡았어요. 옛날보다 건물도 작고 동물 수도 줄었지만, 분위기는 여전했지요. 아늑하고 포근하며 시끄럽고 정신이 없었어요.

아이는 한 달에 두어 번씩 엄마와 함께 보호소를

방문했습니다. 자원봉사라고 말하기 민망할 수준의 잡일을 거들곤 했지요. 큰엄마의 동료였고 지금은 보호소의 책임자인 아주머니는 와주는 것만으로도 고맙다고 말씀하시긴 했지만요.

“이 보호소에는 너만큼 얘들을 잘 다루는 사람이 없거든. 현성이가 안 왔으면 참 심란했을거야.”

아주머니는 그렇게 말하며 이번에 새로 들어온 동물을 보여줬어요. 털이 부숭부숭한 갈색 발바리였어요. 넷으로 분리되었고 모두 목에 붕대를 매고 있었지요. 자원봉사자 누나가 말하길 친구 개가 개장수에게 잡혀가는 걸 보고 몸이 분리되었는데 그 과정에서 목이 크게 상했다고 해요. 아이는 거리낌 없이 울타리 안으로 들어갔어요. 보호소의 동물들은 언제나 아이를 좋아했어요. 자기네와 처지가 비슷하다는 걸 눈치챘을는지도 모르지요. 자기네처럼 아이도 사람에게 받은 상처 때문에 돌이키기 힘든 지경에 이르렀음을 본능적으로 알았을지도요.

엄마가 소장님과 담소를 나누러 사무실로 들어간 사이, 아이는 빗으로 발바리의 털을 빗겨주었습니다. 빗에 개털이 동그랗게 쌓이는 걸 보며 아이는 생각했어요. 이 아이들은 언제 융합할까.

보호소에서 살던 시절에 융합은 일상처럼 일어났어요. 아침에 눈을 뜨면 울타리 안 동물이 한두 마리씩 사라지기 일쑤였고, 그렇게 한 마리만 덩그러니 남으면 입양을 보내거나 다른 보호소로 보내곤 했지요. 융합하는 과정을 직접 본 적도 있어요. 서로 끌어안은 동물의 살과 털과 사지와 꼬리가 뒤엉키더니, 이내 털 달린 장난감 슬라임 같은 모습이 되어버렸어요. 시간이 흘러 털 덩어리는 익히 아는 동물의 모습으로 바뀌었지요. 시베리안 허스키와 알비노 라쿤, 삼색 고양이, 골든 햄스터 등등. 몸집이 크고 영리할수록, 분리된 신체의 수가 많을수록 융합에 시간이 오래 걸렸어요. 큰엄마는 동물이 융합하는 과정을 영상으로 찍어 남겨놓았는데, 친구가 촬영하는 다큐멘터리에 쓰일 것이라고 하셨지요.

"우리의 융합도 촬영할 거예요?"

큰엄마가 뭐라고 대답하셨는지 아이는 기억하지 못했습니다.

그때 눈앞에 숫자 여러 개가 떠올랐어요. 아이

는 몸에 힘을 풀고 시야를 아득한 저 너머로 집중했어요. 이내 보호소의 풍경이 수학 문제가 가득한 노트와 흐릿하게 겹쳐졌어요. 난생처음 보는 수식 아래에 손글씨가 적혀 있었어요.

걔는 처음 보네. 몇 살이야?

노트는 이어 초록색 칠판으로 바뀌었어요. 손에 물백묵을 든 학원 강사가 칠판에 적힌 수학 공식을 설명했지요. 일요일 대낮부터 현성이는 학원에서 보충수업을 듣고 있었어요. 한눈에 봐도 중학교 2~3학년 수준이 틀림없었어요.

"몇 살인지는 나도 몰라. 근데 너 지금 영어 과외 시간 아니야?"

현성이의 연필이 노트 구석으로 향했어요.

그만뒀어. 그래서 스케줄 개판 남.

"지금 나하고 얘기하면 집중 안 되지 않아? 가끔 난 네가 엄청 신기하더라."

하다 보니 되는 거지. 너도 연습하면 돼.

현성이는 태연히 써 내렸지만, 말처럼 간단한 문제가 아니었어요. 사람들은 신체 간의 감각 공유를 쌍둥이의 신비한 텔레파시 정도로 생각해요. 상호의 합의로 조절이 가능한, 편리한 초능력 정도로 말이에요.

아이가 경험하기에 감각 공유는 눈과 귀, 혀와 손발에 얇은 사포를 붙인 거나 다름없었어요. 몸이 분리되고 며칠 동안은 아이와 현성이와 현성이 모두 힘들어했지요. 상대가 보고 듣고 감각하는 모든 것이 여과 없이 머릿속으로 밀려들었으니까요. 너무 선명했고 너무 자극적이었어요. 고개를 돌리기만 해도 구역질이 나왔고 누군가 몸을 만지면 경기를 일으켰어요. 모든 소리가 겹쳐 들리니 뭐가 뭐인지 알 수 없는 건 덤이었고요.

의사 선생님은 아이와 현성이와 현성이에게 다른 신체의 감각을 조절하는 방법을 알려주셨어요. 남의 감각을 눈앞의 풍경이나 가게에서 흘러나오는 음악처럼 뭉개버리는 것이었지요. 미러볼이 반짝이고 시끄러운 락 음악이 울려 퍼지는 클럽 한복판에서 평정을 유지하는 일이나 다름이 없었어요. 아이는 무척 어렵게 터득했지만, 현성이는 일주일도 가지 않아 감각 공유를 능숙하게 다뤘어요. 무엇이든 1등이 아니면 못 배기는 성격이니 당연한 일이었지요.

아이는 고개를 좌우로 저어 시야를 바로잡았어요. 발바리의 털을 빗기는 데 집중하려니, 다시 노트 구석에 현성이의 말이 적혔어요.

맞아, 엄마가 너네 엄마에게 연락 달래.

“왜 엄마한테 직접 연락 안하고 나한테 전해달라는 건데?”

그건 나도 모르고, 될 수 있으면 빨리 연락 달라고 하더라.

“니네 엄마 맨날 너랑 나한테만 이렇게 시키는 거 알지? 완전 별로야.”

어쩌라고. 왜 그러는지 아줌마한테 직접 물어보던가. 괜히 우리 엄마 욕하지 말고.

현성이의 고개가 칠판으로 돌아갔어요. 아이는 속이 상했지만, 뭐라 대꾸하지 못했어요. 사무실 쪽을 바라보니 내벽에 난 창문 너머로 소장님과 얘기를 나누는 엄마가 보였어요. 엄마는 어색한 미소를 지으며 고개를 끄덕이고 있었어요.

아줌마 아저씨가 왜 그리 급하게 구는지 아이는 알고 있었습니다. 현성이도 내색만 하지 않을 뿐 진작 알고 있을 거예요.

저번 달에 현성이가 죽은 뒤로 두 집안에는 한 가지 공통점이 생겼어요. 집안 어른들의 얼굴에 절박함이 깃들었던 것이지요. 치료 때문이 틀림없었어요. 아이는 지금의 정은 엄마와 살게 되면서 융합 치료를 몇 번이나 받았는지 속으로 헤아려보았어요. 큰엄마가 죽은 해에 네 번인가 받았고, 작년에 두 번, 올해는 한 번도 받지 않았어요. 꼬박꼬박 병원에 들르던 시절에도 별 차도가 없었으니 치료를 끊다시피 한 지금은, 어디서 들은 말마따나 가망이 없을지도 몰랐어요.

그 가망 없음을 엄마가 의도했다는 것 또한 아이는 알고 있었지요.

아이는 현성이의 감각을 있는 대로 뭉개며 몸을 일으켰어요. 옷에 묻은 털을 테이프로 떼는데 발바리 한 마리가 갑자기 발목을 가볍게 무는 것이 아니겠어요. 아이가 밉고 두려워 문 게 아니었어요. 관심 끌기에 가까웠지요. 사람 때문에 고통받아 이 지경이 되었으면서도 몇몇 동물은 사람을 사랑하고 그리워했어요. 아이에게 관심받는 데 성공한 발바리가 꼬리를 흔들었어요. 헉헉대며 다리 위로 올라

타려 했어요.

아이는 잠시 주변을 둘러보았답니다. 직원도 봉사자도 각자 할 일에 바빴어요. 보는 눈이 없었지요.

발바리가 다시 발목을 물었어요. 이번에는 제법 아프게.

아이는 몸을 떨어뜨리거나 피하는 대신 힘껏 발바리의 배를 걷어찼습니다.

깨갱 소리와 함께 발바리는 울타리에 부딪히고 말았어요. 다른 발바리가 겁에 질린 신음을 흘렸어요. 얼마 지나지 않아 아이는 자신이 무슨 짓을 저질렀는지 깨달았고 몹시 놀랐지만, 그뿐이었어요. 다른 마음은 들지 않았고 다른 말도 나오지 않았어요.

현성이가 다급한 목소리로 속삭였어요.

「너 방금 뭐한 거야? 물렸어?」

아이는 발목을 들여다보았어요. 바지를 걷어 올려도 피는커녕 이빨 자국도 보이지 않았어요. 그만큼 가볍게 물렸는데도, 배를 찰 필요가 없었는데도, 발바리에게 미안한 마음은 조금도 들지 않았어요.

"나 말이야. 이상해진 것 같아."

「뭐가?」

"방금 봤잖아. 재를 찼는데도 별생각이 안 들어. 못 느꼈어?"

「우리가 초능력자도 아니고 서로의 마음이나 생각은 못 읽는 거 알잖아.」

마침 수업이 끝났는지 현성이는 자리에서 일어나고 있었어요.

「먼저 시작한 건 저 개새끼야. 찰 만했다고. 거기서 뭐 다른 생각이 들어야 하나?」

"모르겠어. 엄마 때문에 여기 오는 거긴 해도… 그래도 난 쟤들이 불쌍하고 막 그랬단 말이야. 우리 같아서. 근데 방금은… 그냥 화만 나더라."

아이는 울타리에 서로들 몸을 붙인 발바리들을 바라보았어요. 고개만 푹 숙인 모양새가 퍽 우습게 느껴져 아이는 다시 놀랐어요.

"진짜 웃기기만 하고 그래. 내가 왜 이러지?"

「난 네가 뭘 말하는지도 모르겠다. 그게 꼭 이상해야 하는 거야?」

"당연히 이상해야 하는 거 아니야?"

잘 모르겠다는 듯이 현성이의 시야가 좌우로 움직였어요.

「내 친구들은 내가 너무 냉정하다고들 말하는데, 난 그냥 다른 일에 기운 빼고 싶지 않을 뿐이야. 시간 낭비니까. 하지만 넌 나랑은 다르니까 그게 이상하다고 느껴질 수는 있겠다.」

"나중에 의사 선생님께 여쭤봐야겠어. 만약 못 고칠 병이면 어떡하지?"

현성이의 시야에 같은 반에서 공부하는 친구들의 얼굴이 비쳤어요. 그러자 현성이의 목소리가 작아졌어요.

「현성이처럼 미쳐버린 것도 아니고, 너 정도면 못 고쳐도 살 만하지.」

친구가 현성이의 팔을 잡아끄는 게 느껴졌어요. 현성이가 더욱 작은 목소리로 속삭였어요.

「나중에 더 얘기해.」

의아해하는 친구에게 현성이는 이렇게 말했습니다.

「내 신체랑 얘기 나누고 있었어.」

아이가 정신을 찾기 무섭게 울타리에 그림자가

드리워졌어요.

"아들."

어느새 엄마가 등 뒤에 서 계셨어요. 눈 밑이 거뭇했지만, 입가에 잔잔한 미소가 서려 있었지요. 아이는 엄마가 자신을 '아들'이라고 부르는 게 참 좋았어요. 일부러 대답을 안 하니 엄마가 다시 입을 열었어요.

"아들. 소장님이 가래떡을 구워주셨는데 같이 먹자. 오늘은 그만하고."

그 순간 아이는 걱정됐어요. 엄마가 보았나, 저걸. 겁에 질린 발바리를, 자신이 한 짓을 보았나. 아이가 황급히 발바리 한 마리를 끌어안았어요. 무서워서 버둥대는 발바리의 입을 잡고 팔에 힘을 더했어요.

"조금 있다가 먹을게. 아직 얘네 털을 덜 빗겨줘서."

"우리 아들은 정말 마음씨가 너무 곱다니까."

엄마는 아쉬운 얼굴로 아이의 머리를 쓰다듬었어요. 마치 강아지를 빗는 것처럼 손가락을 세워 두피를 긁기도 했어요.

"이렇게 착해 빠져서 나중에 다 크면 어떡하지. 남들한테 해코지당하면 어째."

"계속 엄마 곁에 붙어 있으면 되지. 엄마가 나 먹여 살려."

엄마는 피식 웃음을 흘리고는 너무 무리하지 말라며 먼저 사무실로 돌아가셨어요. 발바리는 바닥에 발이 닿기 무섭게 아이에게서 멀어졌지요. 울타리 안의 모든 발바리가 이제는 털을 바싹 세운 채 아이를 경계했어요. 더는 꼬리를 흔들지 않았고 눈도 마주치려 들지 않았어요.

여전히 미안한 마음은 들지 않네요.

아이는 한참 동안 발바리의 털이 남은 빗을 내려다보았어요.

✶

인터넷에는 그와 관련된 내용이 상세하게 올라와 있었어요. 일부 신체의 죽음으로 인한 특성의 단절과 후유증에 관하여, 열세 살 아이도 이해할 정도로 간단명료하게 설명하고 있었지요. 동영상 플랫폼에도 그런 제목의 영상이 빼곡했는데 정작 클릭하면 눈살을 찌푸리게 만드는 것만 가득했어요. 이를테면 말이에요, 아이가 큰엄마에게 물었던 그것, 사람 분리병의 융합 장면을 아무런 경고 없이 올렸던 것이지요. 아직 성인도 못된 청소년의 살과 살이 엉키는 영상 아래로 무례하고 화가 나는 댓글이 가득했답니다. 너무 야하다ㅎㅎㅎ, 저거 중간에 끼어들면 3p 아니냐, 우리 눈나 옛날 영상 함부로 올리지 마라, 여기 융합 맛집이네 등등. 아이는 핸드폰을 테이블에 뒤집어놓고 소파에 모로 누웠어요.

시침이 9시를 가리켰지만, 엄마는 오지 않네요.

현성이가 죽은 뒤부터 엄마의 돌아오는 시간이 늦어졌어요. 예전에는 7시만 되도 현관문을 열고 돌아오셨는데 이제는 일주일 내내 늦게 들어와요. 집에 돌아와도 베란다로 넘어가 누군가와 통화하기 일쑤였어요. 엄마는 조근조근한 목소리로 말했지만 베란다 틈사이로 대화 내용이 전해졌어요. 대개는 돈 문제였어요. 얼마를 빌리느니 얼마를 갚느니, 나를 못 믿는 거냐 꼭 갚겠다, 그런 얘기가 오갔지요. 가끔은 어설픈 영어 발음이 들렸지요. 엄마는 단어 하나도 띄엄띄엄 말했어요. 영어를 못 하기는 아이 역시 마찬가지라서 한마디도 알아듣지 못했지만요.

엄마는 미안하다고 말하면서도 내일은 일찍 들

어울게, 같은 말은 하지 않았어요. 무엇 때문에 매일 늦는지도 이야기하지 않았어요. 아이는 엄마를 사랑했기에 더 묻지 않았어요. 대신, 자질구레한 집안일을 맡기로 마음먹었습니다. 빨래 널기부터 시작해 청소기를 돌리거나 설거지도 직접 도맡았어요. 힘들지 않았다면 거짓말이지만 괜찮아요. 엄마가 고맙다고 말하기만 하면 모든 피로가 확 사라져버렸거든요. 그 한마디면 족했어요.

그래도 오늘도 늦게 오는 건 너무하지 않나요.

오늘은 아이와 엄마가 가족의 연을 맺은 지 3년째 되는 날이에요. 정확히는 위탁가정이지만요. 아이는 오늘을 위해 용돈을 모아 케이크를 샀습니다. 그러나 엄마가 오지 않아요. 평소 같으면 왜 엄마가 오지 않나 걱정되어 불안하고 초조했을 텐데, 글쎄나, 아이는 다시금 생각합니다. 요즘은 엄마가 늦으면 화가 나고 짜증이 나요. 욕을 하고 싶어져요.

특성의 단절과 후유증.

아이는 TV를 켰어요. 앞서 보았던 설명 중 '후유증'을 제대로 실험해볼 생각이었거든요. TV의 스트리밍 서비스로 들어가 '최루성 영화'라고 검색한 뒤 제일 상단에 뜨는 영화를 선택했어요. 2000년대 초반에 제작된 국내 영화였는데 평점이 제일 높았어요.

감동 실화! 가족의 폭력으로 분리병을 앓게 된 일곱 소녀의 분투기.

간단한 설명만큼 영화의 전개도 간단한 편이었어요. 큰아빠의 몹쓸 짓 때문에 일곱으로 분리된 소녀가 가족에 의해 정신병원에 감금당한다는 내용이었지요. 소녀는 병원에서 온갖 고생을 다했지만 정의감 넘치는 기자 덕분에 집으로 돌아와 큰아빠를 고발하는 데 성공해요. 최루성 영화라는 검색어에 어울리게 감동적인 장면이 많았어요. 일곱 소녀가 병원에서 서로를 끌어안고 우는 장면이라든가, 친척이 모두 모인 명절날 제일 겁 많고 소심하던 신체가 큰아빠를 고발하는 장면 같은 것 말이에요. 엄마가 보았다면 티슈를 가져와 눈물을 훔쳤겠지만 아이는 울지 않았어요.

강아지가 주인을 찾는 영화를 보며 훌쩍인 게 몇 달 전 일인데, 지금 아이의 눈물샘은 너무나 평온했어요.

영화가 끝나자 더럭 겁이 났어요. 상대를 안쓰럽고 불쌍하게 여기는 능력이 고장 난 게 틀림이 없었어요. 아이가 안절부절못하는 동안, 달래는 태도로 현성이가 말을 걸어왔어요.

「야야, 저런 거 보고 질질 짜는 게 더 이상하다는 거 알잖아. 영화 졸라 더럽게 못 만들었네.」

현성이는 자기 방에서 인터넷 강의를 보던 중이었어요. 책상에 놓인 포도며 감 따위가 입안에 들어갈 때마다 아이의 혀에도 단맛이 들어찼지요. 그런데도 기분은 하나도 나아지지 않았어요.

"있지. 현성이가 죽고 나서 이렇게 된 게 분명해. 인터넷에서 봤는데 신체가 먼저 죽으면 이런 일이 생긴데. 뭐라고 하더라, 그게…."

「각 성격이나 특성을 담당하는 뇌의 부위가 신체의 죽음으로 기능을 잃으면서 생기는 증상 어쩌고 저쩌고. 못 고친대 그거. 중학교 2학년 과학에 나와. 심화학습에.」

현성이는 인터넷 강의를 끄고 말을 이어갔어요.

「한마디로 그 미친 현성이가 속 알맹이는 좋은 애였다는 뜻이지. 그래서 우리가 더는 좋은 애일 수가 없게 된 거고. 그래도 우리는 사정이 나아. 성격 활발한 신체가 죽으면 융합해도 평생 고생한대. 하루 종일 우울해한다고. 그리고 있지….」

현성이가 스마트폰 화면을 눈앞에 들이밀었어요. 인터넷 기사 하나가 화면에 떠올라 있었지요.

「너 아까 보던 영화도 현실에서는 더 개판이었대. 실제로는 큰아빠를 고발하고 끝난 게 아니라 그 신체가 큰아빠 찔러 죽이고 아파트에서 떨어져 자살했대. 그러니까 저 영화 보고 질질 짜는 게 더 무례한 거라니까?」

아이는 현성이가 보여준 기사를 집중해 읽었어요. 감동 실화! 라는 설명이 무색하게 진실은 무척 참혹했습니다. 1980년대에 벌어진 일이었고, 당시 시대상 친족간 성폭행을 경찰에 고발한다는 건 불가능에 가까웠대요. 명절날 벌어진 참극을 수사하던 경찰은 범행의 책임을 다른 신체에게 묻지 않았어요. 피해자의 성폭행 혐의에 대해서도 마찬가지였고요. 그렇게 흐지부지 넘어간 비극적인 사건을 영화사는 흔한 신파극의 소재로 삼았던 것이지요. 당연히 유족은 분노를 감추지 못했어요. 영화사는 명

예훼손으로 고소당했고, 유족은 합의금과 구구절절한 사과문을 받은 뒤에야 고소를 취하했어요.

“융합했을까, 이 사람?”

「영화 개봉할 때까지 살았다면 당연히 융합했겠지. 안 그러면 스무 살도 못 되어 죽었을 테니까. 근데 완전 병신처럼 살았을걸. 이런 일을 겪고 그런 집에서 어떻게 제정신으로 살아.」

아이는 TV를 끄고 눈을 감았어요. 현성이의 방은 언제나 변함이 없었어요. 벽에 붙은 주기율표 포스터와 공부 일정이 빽빽이 적힌 스케쥴표, 책장에는 문제집과 노트가 빈틈없이 꽂혔고 다 쓴 볼펜과 형광펜이 쓰레기통 근처에 나뒹굴었어요. 상장은 보이지 않았어요. 왜냐면 방이 좁아서 모두 거실에 걸어놨거든요. 너른 벽에 가득한 상장은 현성이 부모님의 자랑이었어요.

“그래도 우리는 네가 있어서 다행이다. 융합해도 별일 없이 천재가 될 거 아니야, 너는 똑똑하니까.”

가볍게 던진 말에 현성이는 한참 동안 대답이 없었어요. 아이 역시 뭐라 할 말이 없었지요. 잠자기 직전에 감각이 더 예리해지곤 하는데, 지금은 그보다 더 날카롭게 서로를 느꼈어요. 입안이 바싹 말랐어요. 현성이가 긴장해서 그런 건지, 아니면 자신이 긴장한 건지 아이는 확신하지 못했어요.

마침내 현성이의 목소리가 들렸어요.

「…우리 학교가 다음 주 금요일에 종업식이거든? 그날 오전만 수업하는데 엄마가 점심 지나고 아줌마가 날 데리러 올 거라고 했어.」

처음 듣는 소리였지만, 현성이의 귀를 통해 무의식적으로 전해 듣기는 했을 터였어요. 아이는 고개를 끄덕였어요.

"그래."

「다음 주 금요일부터 다시 치료 시작하려나 봐.」

문득 동영상 플랫폼에서 보았던 인간 분리병의 융합 장면과 그 아래 달린 댓글들이 떠올랐어요.

옛날에는 융합 중인 분리병 환자를 괴물로 오인해 죽이는 일도 많았대요. 도중에 융합이 멈춰서 샴쌍둥이처럼 살게 된 사람도 있다고 했지요. 인터넷과 아이들 사이서 나도는 소문이었지만 아주 거짓말은 아닐 거라고 아이는 언제나 생각했어요. 자기도 모르게 중얼거렸어요.

"역겨워."

현성이 역시 아이와 똑같은 생각이었나 봐요.

「존나 역겨워, 생각만 해도 끔찍해.」

그렇게 말하고는 다시 인터넷 강의를 재생했어요. 영어 문장을 읊는 강사의 목소리에 현성이의 짜증이 섞였어요.

「우린 이대로 살아도 되는데 왜 어른들이 유난인지 모르겠어. 이렇게 살다가 이렇게 죽으면 안 된다는 거야, 뭐야.」

대답을 바라고 한 말이 아니었는지 현성이는 태블릿 PC의 볼륨을 높였어요. 아이는 몇 분간 현성이와 함께 강사의 간드러진 영어 발음을 듣다가 감각을 뭉개버렸지요. 영화를 볼 때도 나오지 않던 눈물이 뺨 아래로 흘러내려 조금 놀랐어요.

어느덧 자정에 가까워졌지만, 현관은 여전히 조용했어요.

다음 주 금요일.

아이는 소파에서 일어나 냉장고에 걸어둔 달력으로 다가갔어요. 별표 친 오늘, 그 아래 칸, 거기서 옆으로 몇 번 더 이동하니 금요일이었지만 아무 표시도 되어 있지 않았어요. 아이는 펜을 가져와 달력의 빈칸에 가져다 댔어요. 상담 치료라고 쓰려다가 말았고, 다시 펜을 들었다가 내리기를 반복했어요. 엄마의 실수라고 생각했다가, 실수가 아니라고 생각을 고쳐먹었어요.

그날 엄마는 새벽 1시가 다 되어 집에 돌아왔어요. 자는 아이를 깨워 같이 케이크를 먹었고 기념사진도 찍었어요. 물론 치료 얘기는 한마디도 꺼내지 않으셨어요.

달력의 빈칸은 사흘이 지나도 여전했어요. 아이는 엄마에게 왜 메모하지 않았느냐고 묻지 않아요. 왜 상담 약속을 자신에게만 숨기는 것인지 묻고 싶지 않았어요.

시간은 계속 흘러갔어요.

다음 주가 되었고, 목요일이 되었지요.

그리고 형사가 학교에 찾아왔어요.

*

"현성이, 박현성이 맞지?"

하교하는 학생들 틈바구니에 껴서 버스정류장으로 향하던 길이었어요. 난데없이 교문 너머에서 손이 튀어나오더니 아이의 팔을 붙들었어요. 아줌마라기보다는 할머니에 가까운 여자가 불쑥 얼굴을 내밀었지요.

여자가 다시 말했어요.

"어른이 물었으면 대답을 해야지. 너, 박현성이 아니니?"

단정한 진회색 정장 차림으로 보아 아주 미친 사람 같지는 않았지만, 그렇다고 무섭지 않다는 뜻은 아니었어요. 아이를 바라보는 눈이 이상하게 번들거렸거든요. 누런 기름이 뜬 것 같기도 하고, 그러면서도 형형한 게 소름이 끼쳤어요. 여자는 얼어붙은 아이 앞에서 늘어져라 한숨을 내쉬었어요.

"야이 씨, 요즘은 초등학생도 이렇게 늦게 끝나는 줄 몰랐지. 뭔 학교가 한창 놀 애를 이 시간까지 붙잡고 그런다냐."

마침 수상한 낌새를 눈치챈 경비 아저씨가 아이와 여자에게 다가왔어요. 대체 누구시냐는 경비 아저씨의 말에 여자가 지갑을 꺼내 펼쳤어요.

"강아경찰서 아동청소년과에서 근무하는 백금옥입니다. 이 애는 저희 주요 참고인이라, 수사차 들렀습니다."

경비 아저씨는 반신반의하며 경찰서에 전화했고, 몇 분간 통화한 뒤 여자를 향해 고개를 넙죽 숙였어요. 말도 안 돼, 정말 경찰이었던 거예요. 아이는 여자에게 붙들려 큰길로 향했지요. 여자의 발걸음이 워낙 거칠어 끌려갔다는 말이 더 어울렸지만요. 이대로 경찰서로 잡혀가는 걸까, 잘못한 게 없으면서도 아이는 더럭 겁이 났어요. 현성이는 우리가 두려워할 상대는 오직 아동복지사뿐이라며 콧방귀를 뀌곤 했지만, 아이는 언제나 경찰이 무섭고 버거웠어요.

혹시 아빠가 다른 얘기는 하지 않았니? 같이 있을 때, 너무 힘들고 괴로워서 더는 못 참겠다고, 그런 얘기 하지 않았어? 너희 여동생에게 몹쓸 짓을 하지는 않았지? 괜찮아, 네 아빠는 이제 여기 없어.

너희는 안전해. 솔직하게 털어놓아도 된단다.

언젠가의 기억이 물밀 듯 밀려들었지요. 그때 똑똑한 현성이는 자기는 그딴 새끼랑 아무 관계 없다고 화를 냈어요. 아픈 현성이는 자기 잘못이라며 조용히 울었고, 아이는 엄마를 찾았어요. 아주 떠나버린 엄마를 말이에요. 경찰은 아이와 현성이들 마음은 생각도 안하고 자기 할 일에 바빴어요. 아이는 끝내 엄마를 다시 보지 못했어요.

이 여자도 그럴까요? 무얼 말하든 듣는 척도 않다가 이상한 소리를 지껄이며 아빠를 욕할까요?

예상과 달리 여자가 아이를 데려간 곳은 초등학교 건너편의 분식집이었어요.

"아줌마가 너 기다리느라 밥도 못 먹고 쫄쫄 굶었다. 이 정도는 좀 봐줘라."

여자는 자기 몫의 라면을 단숨에 들이켜고는 김밥을 라면 국물에 말아 국밥처럼 먹었어요. 라면 국물이 테이블 바닥으로 사정없이 튀었지요. 아이는 입맛이 달아나 눈앞의 우동에 손도 대지 못했어요. 겨우 한 가닥 집어 올리니, 그새 면발은 퉁퉁 불었고 국물은 식어 짠맛만 났어요. 여자는 먹을 생각

없으면 이리 달라며 우동을 사발째 가져갔어요. 분식집 아줌마가 여자를 몰래 흘겨보았어요.

우동 국물도 마저 비운 뒤, 여자가 아이를 향해 말했어요.

“아줌마가 왜 여기 왔는지는 알겠니?”

여자의 이빨에 김 조각이 붙어 있었지만 웃음은 나오지 않았어요.

“아니요. 모르겠어요.”

“네 엄마가 어지간히 얘기를 안 하나 보네. 그니까 이름이 뭐였더라… 맞아, 홍정은. 네 신체가 죽었을 때 아줌마가 담당했거든. 덕분에 네 엄마랑 구면이라면 구면이지. 네 엄마를 조사한 건 다른 놈이었지만 말이야.”

“엄마가 조사를 받아요? 경찰에서요? 왜요?”

“사람이 죽었으니 당연히 누구는 조사를 받아야지. 원래는 너도 만나서 얘기 들을 생각이었어. 근데 아줌마가 너 만나보고 싶다고 사정사정을 해도, 뭐 네 엄마가 시간이 없다 애가 아파서 힘들다 계속 말을 돌리고 그러시네. 그러니 내가 어쩌겠니.”

여자가 보란 듯이 어깨를 으쓱였어요. 아이는 괜

히 목이 말랐어요. 찬물만 들이켰어요.

"저는 왜요? 현성이는… 자살했잖아요. 엄마도 제가 더 걱정할 건 없다고 하셨는데요."

"아줌마도 현성이가 어떻게 죽었는지는 알아. 걔 목에 난 상처도 직접 봤어. 아줌마가 생각해도 그래, 걔 자살했지. 근데 있지, 다른 사람 보기에는 그게 현성이 혼자 할 수 있는 짓으로 안 보이나봐. 혹여나 누가 죽여놓고 나 몰라라 하는 걸 수도 있다면서 말이야. 안 그래도 아줌마가 몇 달 전에 칼을 맞았는데 말이야, 입원 중에 보니까 진짜 피똥을 싸더라. 근데 이 일 때문에 또 피똥 싸게 생겼어. 아줌마네 상사가 이거 제대로 처리하라고 워낙 쪼아대서."

그 말에 주변 손님의 젓가락질이 멈췄어요. 사레가 들렸는지 캑캑 기침하는 소리도 들렸어요. 여자는 그들을 둘러보며 손을 휘둘렀어요.

"아니, 뭐 구경났어? 각자 알아서 밥이나 먹어요, 좀."

아이는 자기 목을 손으로 가렸어요. 불과 며칠 전까지 아이의 목에는 누런 점 여러 개가 찍혀 있었어요. 여자는 아이의 손을 잡아 목에서 떨어뜨렸지요.

"어려울 것 없단다. 그냥 그날 밤에 무슨 일이 있었는지 말해주면 돼."

여자가 남은 손으로 주머니에서 녹음기를 꺼냈어요. 아이는 몸을 움츠리며 주변을 둘러보았지요. 모두 여자와 아이를 못 본체하고 있었어요.

"…현성이도 있는데 왜 하필 저한테 오셨어요."

"글쎄. 네 엄마가 너무 피하니까 오기가 생겼달까, 궁금해졌달까."

"제가 나중에 엄마랑 같이 경찰서로 갈게요. 거기서 얘기하면 되잖아요. 여기 말고."

여자가 갑자기 단호한 목소리로 말했습니다.

"현성아. 아줌마가 왜 여기까지 직접 왔는지 잊어버렸니? 그새?"

아이는 엄마가 왜 자기를 경찰에게 내보이려 하지 않는지 알고 있어요.

지금 여기서 엄마에게 전화를 건다고 한들 눈앞의 여자가 꿈쩍도 하지 않으리란 것도 잘 알고 있지요. 현성이가 듣는 티라도 내주면 좋으련만, 현성이의 시야는 까맣게 가라앉아 있었어요. 학원버스에서 꾸벅꾸벅 조는 모양이에요.

엄마나 현성이에게 걱정 끼치지 말고 여자를 상대해야 한다는 뜻이었지요.

"여기 말고 다른 데로요. 다른 데로 가서 얘기해요."

분식집에서 나온 아이는 여자를 초등학교 운동장 옆 벤치로 이끌었어요. 한겨울에도 학교 운동장은 뛰노는 아이들로 조용해질 틈이 없었어요. 누렇게 말라죽은 잔디 위로 축구공과 아이들의 발이 정신없이 오갔지요. 차가운 칼바람이 목덜미를 사정없이 파고들어 아이는 옷깃을 꽉 여몄어요. 카페나 패스트푸드점에 갈까 생각했지만 단념했지요. 사방이 갇힌 공간에 이 여자와 함께 있고 싶지 않았거든요.

여자가 녹음기를 꺼내 녹음 버튼을 눌렀어요. 자신의 이름과 소속, 직함을 말한 뒤 아이의 입 가까이 녹음기를 가져다댔어요.

아이는 숨을 한참 골랐어요. 카네이션 브로치에 대해 뭐라고 말해야 할지 몰랐거든요. 경찰은 어디까지 알고 있을까요? 알면서도 아이를 찾아온 걸까요?

결국 브로치의 출처를 제외하고, 아이는 그날 밤에 보았던 것을 이야기했습니다.

현성이가 브로치를 휘어 일종의 송곳을 만들었

던 것이나, 거울을 바라보며 끊임없이 울고 또 울었다는 그런 얘기 말이에요. 그때껏 아이는 꿈을 꾸는 줄만 알았어요. 몽롱한 잠기운에 취해 있었지요. 현성이가 송곳을 치켜드는 순간 그것은 차라리 악몽이면 좋겠는 현실이 되었어요. 아이는 날카로운 통증과 함께 잠에서 깨어났어요. 눈앞이 아찔했어요. 현성이와 현성이의 시야가 겹쳐 보이면서 멀미가 일었어요. 토하고 싶었지만 토할 수 없었고 살려달라 말하고 싶었지만 말할 수 없었어요. 현성이가 화장실 바닥에 넘어졌어요. 슬리퍼가 반대편으로 날아갔어요.

한순간 눈앞이 아득해지더니, 콧속에 피 냄새가 훅 몰려들었지요.

툭, 투둑. 소리는 들리지 않아도 아이는 느꼈어요.

아픈 현성이와 자신을 이어주던 전선 따위가 한순간 뽑히고 잘려나가는 것을 생생히 감각했어요.

정신을 차렸을 때 더는 현성이가 느껴지지 않더라고요. 세 개로 겹쳐 보이던 시야에서 하나가 사라진 거예요. 병실이 보이지 않았어요. 환자복도 없고 간호사도 없었어요. 아기의 옹알이 같던 현성이의 말소리도 더는 들리지 않았어요.

그렇게 현성이를 잃어버렸어요.

여기까지 말한 뒤 아이는 입을 다물었지요. 시도 때도 없이 눈물이 솟던 그날의 새벽과 달리, 지금은 기억을 꺼내놓는 일이 그렇게 어렵지 않았어요. 아니요, 사실은, 지금이 아니라 그날 오후부터였어요. 엄마와 서로 얼싸안았던 그때부터 지금까지 아이는 현성이 때문에 슬프지 않았어요. 우리가 더는 좋은 애일 수가 없게 되었다는 다른 현성이의 말이 떠올랐지요. 아이는 여자에게 그런 사실은 말하지 않았어요. 조용히 눈을 굴려 여자를 올려다보았지요. 여자는 별 감흥이 없는 눈치였어요. 이상하리만큼 담담한 얼굴로 녹음기를 끈 뒤 주머니에 집어넣었어요.

"힘든 얘기 해줘서 고맙네. 아무튼, 화장실에 다른 사람은 없었다는 거지?"

"네. 없었어요. 현성이 혼자였어요."

아이는 여자의 태연한 태도가 거슬리고 불편했어요. 얼른 집으로 돌아가고 싶었어요.

"저 이제 가도 되죠? 모두 끝났잖아요."

"사실 하나 더 물어볼 게 있는데."

여자는 팔짱을 끼고서 아이를 바라보았어요. 심드렁하던 눈빛이 갑자기 예리해졌어요. 자기 머리를 까뒤집어보는 것 같아 아이의 속이 울렁거렸어요.

"솔직히 말해서, 네 엄마가 좀 걱정되어서 말이다."

"뭐가요? 엄마는 왜요?"

"엄마가 네게 신경질적으로 굴거나 주먹을 들거나 그러지는 않든? 욕하거나 소리를 지르거나 말이야. 주변 사람들이 너랑 엄마를 많이 걱정하고 있어."

"아니요! 전혀 아니에요! 왜 그렇게 말해요?"

"걱정하지 마. 나한테 뭘 털어놓든 네 엄마 귀에는 조금도 안 들어가게 할 테니까."

아이는 화를 참지 못하고 목소리를 높였어요.

"주변 사람이 아니라 현성이네 아줌마 아저씨가 그렇게 말한 거죠? 엄마에 대해 잘 알지도 못하면서 맨날 그래! 우리 엄마 진짜 좋은 사람이란 말예요, 누구보다 날 아끼고 사랑한다고요!"

"진정해봐라, 좀. 아줌마 말은 혹시 무슨 일이 생기면 널 도와줄 사람이 있다는 뜻이었어."

여자가 품에서 명함을 꺼내고는, 아이의 외투 주

머니에 억지로 욱여넣었어요.

"지금은 네가 병 때문에 사리판단이 힘들어서 그렇다만, 이럴 때일수록 이성적으로 판단을 해야 해. 엄마가 이상하게 신경질적이고 예민하게 굴면, 그래서 네가 불안해지고 무서워지면 그때 아줌마에게 연락을 해라. 시간은 언제든 괜찮으니까."

아이는 더 듣지 않고 몸을 일으켜 교문 밖으로 달려 나갔어요. 정류장으로 넘어가 번호도 확인하지 않고 무작정 버스에 올라탔지요. 자리에 앉아도 머리끝까지 치솟은 화가 가라앉지 않았어요.

그때야 현성이의 목소리가 들렸어요.

「방금 저 아줌마 뭐야? 진짜 경찰이야?」

"네가 일러바친 거지?"

아이는 목소리를 낮출 생각도 않고 현성이에게 쏘아붙였어요.

"너네 아줌마 아저씨한테 뭐라 그런 거야? 엄마가 나 때리는 거 보기라도 했다고? 아니잖아!"

「난 아무 말도 안 했어! 억울해!」

"됐어, 너랑 더 얘기 안 할 거야! 이 배신자 새끼."

아이는 감각을 뭉개며 몸을 웅크렸어요. 버스 라

디오에서 흘러나오는 음악 소리와 현성이의 화난 목소리가 섞여들었지요. 절로 눈물이 훌쩍훌쩍 나왔어요. 외투 주머니에 손을 넣으니 무언가 단단한 것이 손바닥을 찔렀어요. 여자의 명함이었지요. 아이는 명함을 찢어버리려다가 그냥 구겨서 주머니에 도로 넣었어요. 버스 좌석에 더욱 몸을 웅크렸어요.

아이가 버스에서 내릴 때까지, 현성이는 미안하다는 말 한마디를 안 했어요.

✶

엄마는 아이의 얼굴을 보자마자 울상이 되었어요.

"세상에, 아들. 얼굴이 왜 이래."

그날은 웬일인지 엄마가 대낮부터 집에 계셨어요. 거실에 옷을 잔뜩 늘어놓고 정리하던 중이셨지요. 버스에서 내내 우느라 눈 주변이 붓고 뺨도 얼얼해 찬물에 세수라도 할 생각이었는데 한발 늦어버린 거예요. 엄마에게 금세 들키고 말았지요.

아이는 아무것도 아니라고, 괜찮다고 말하고 싶었어요. 그러나 엄마의 걱정스러운 눈빛을 보자 왈칵 눈물이 터져 나왔어요.

"경찰 아줌마가 학교로 찾아왔어. 근데 엄마를 나쁜 사람처럼 말하는 거야. 현성이네 아줌마 아저씨도 그렇게 생각한대. 다들 너무 못됐어. 너무해."

엄마는 할 말을 잃은 듯 입을 매만졌어요. 눈꺼풀이 파르르 흔들렸어요.

"그래, 그 아줌마, 누군지 알겠다. 알겠어. 근데 왜 나한테 얘기도 않고 널 찾아갔다니?"

아이는 엄마의 품에 안겨 여자와 나눴던 대화를 풀어놓았어요. 조금은 과장되고 조금은 심술궂게, 현성이를 향한 짜증을 섞어서요. 말을 하면 할수록 학원에서 수업을 받는 현성이의 시야가 어지럽게 흔들렸지요. 현성이는 화장실에 다녀오겠다며 자리에서 일어난 뒤 복도의 거울을 통해 아이를 쏘아보았어요.

「내가 말한 거 아니라니까? 이러기야, 정말?」

아이는 엄마의 맞장구를 기다렸어요. 그 사람들 정말 너무하다며, 네가 무섭고 힘들었겠다며, 아이를 위로하고 걱정해주기를 바랐어요. 그러나 올려다본 엄마의 얼굴은 먹구름처럼 잔뜩 흐려진 상태였어요. 아이는 숨을 죽였어요. 엄마가 눈살을 찌푸리며 머리를 쓸어내렸지요. 조용한 읊조림이 이어졌어요. 아이의 귀에 들어가지 않도록 한껏 목소리를 낮췄지만, 아이는 그 말을 귀가 아닌 마음으로 들었어요.

씨발년.

엄마는 분명 그렇게 말했지요.

"정말… 이해가 안 돼. 네 엄마는 나야. 당연히 나한테 먼저 얘기를 했어야지! 엄마가 경찰서에 얘기해서 그 아줌마 혼내켜달라고 할게. 아니다, 아예 잘라버리라고 해야지 원. 그딴 인간이 경찰 행세를 하고 다니다니, 정말 세상이 왜 이런다니."

"아냐, 아냐, 그 정도까지는 아니었어, 엄마."

아이는 놀라고 겁난 마음에 괜히 고개를 저었어요.

"다음에는 안 찾아올 것 같아. 이제 그 아줌마 볼 일 없을 거야. 그러지 마, 엄마. 내 앞에서 화내지 마."

외투 주머니에 구겨진 명함이 들어 있었지만 아이는 구태여 말하지 않았어요. 엄마의 기분을 풀어주는 게 먼저였어요. 아이는 일부러 옹알대며 엄마의 품으로 파고들었어요.

"엄마, 그냥 오늘은 이러고 있자. 나 피곤해. 진짜 진짜 졸려 죽겠어."

얼마나 안겨 있었을까요. 피식, 하는 소리가 들려왔지요. 엄마가 웃고 있었어요. 아이를 위해 억지로 지은 미소가 역력했지만, 화난 얼굴보다는 훨씬 나았어요.

"그러고 보니 엄마가 아들 주려고 선물 가져왔는데. 너무 화가 나서 깜박하고 있었네."

엄마는 그렇게 말하며 소파에 놓아둔 쇼핑백에서 상자를 꺼내 보였어요. "짜잔." 하는 익살스러운 추임새와 함께 뚜껑이 열렸어요. 상자 안에는 손목시계가 들어 있었어요. 아이가 가장 좋아하는 파란색과 회색이 들어간 동그란 아날로그 시계였지요. 엄마는 직접 시계를 뒤집어 뒷면을 보여줬어요. 스테인리스 표면 위로 어떤 문구가 각인되어 있었어요.

언제나 함께 해줘서 고마워.

누구보다 너를 사랑하는 정은 엄마가.

아이는 감격했어요. 너무 좋아서 엄마가 욕한 것도 화냈던 것도 모두 잊어버렸어요.

"하지만 생일도 아닌데?"

“생일이 아니래도 선물은 언제든 줄 수 있는 거잖니.”

엄마는 아이의 소매를 걷어 왼쪽 손목에 직접 시계를 채워줬어요. 손목 줄을 팽팽히 당겨 버클을 걸자, 각인과 맞닿은 손목 부위가 불에 닿은 것처럼 화끈거렸지요. 피가 잘 통하지 않는지 손끝이 파랗게 질렸어요. 불편하고 조금 아팠지만 아이는 내색하지 않았습니다.

“요즘 초등학생은 디지털이 더 낫지 않나 싶은데 점원이 그러더라고. 수능 칠 때 디지털보다 아날로그가 훨씬 낫다고.”

“수능? 나 아직 6년도 더 남아 있는데.”

“6년 생각보다 금방 가. 설마 수능 안 볼 생각은 아니지? 엄마는 네 도시락을 뭐로 해줘야 할지 벌써 고민하고 있단 말이야. 엄마 섭섭하게.”

엄마는 마치 6년 뒤에도 함께할 것처럼 이야기하고 계셨지요. 아이는 달력을 훔쳐보았어요. 현성이가 말했던 날이 바로 내일이건만, 아직도 달력의 금요일은 텅 비어 있었지요. 아이는 일주일간 고민하고 고민했던 말을 꺼낼 수밖에 없었어요.

“근데 현성이가 그러던데. 나랑 자기랑 내일 병원

가야 한다고.”

“어… 맞아. 그랬지, 참.”

엄마는 말꼬리를 늘이는가 싶더니 과장되게 손사래 쳤어요.

“엄마가 얘기하는 거 깜박했어. 내일 맞아. 현성이랑 만나서 점심 먹고 병원 갈 거야. 우리 뭐 먹을까?”

“난 아무거나 괜찮아. 엄마가 먹고 싶은 거면 뭐든 상관없어.”

아이는 사실 매운 소스를 얹은 돈가스가 먹고 싶었어요. 떡볶이나 쫄면도 좋았지만, 엄마는 매운 음식을 즐기지 않아요. 집에도 허여멀건한 반찬만 가득하고 밖에 나가도 잔치국수나 설렁탕처럼 슴슴한 음식만 찾았지요.

그래도 아이는 군말하지 않았어요. 엄마가 좋으면 아이도 좋았어요.

“그리고 선물이 하나 더 있어. 우리 여행 갈 거야, 내일 치료 받고 곧바로 제주도 갈 거야.”

선물이란 말에 아이는 잠시 숨을 죽였어요.

가까스로 입을 열어 물었지요.

“그치만 학교는 다음 주에 끝나는데….”

"학교에는 엄마가 내일 너 데리러 가면서 얘기해 놓을 거야. 아들은 비행기 타본 적 없지?"

그제야 왜 엄마가 옷가지를 정리하는지 아이는 알 것 같았어요. 자세히 보니, 베란다에 넣어둔 여행용 가방이 소파 옆으로 나와 있네요. 방문 앞에는 아이의 배낭이 가득 부푼 상태로 놓여 있었고요. 엄마는 흥분에 겨운, 그러나 자세히 보면 이상하게 들뜬 모습으로 제주도에서 어떻게 놀지 이야기했어요. 수족관과 말타기 체험장, 돌고래도 보고 한라산도 올라가 보고. 큼직한 제주산 갈치도 먹고 그 자리에서 갓 짜낸 한라봉 주스도 먹을 거랬어요.

엄마는 무척 재밌지 않겠냐며 웃다가 입술을 핥았어요. 아이는 마른침을 삼켰지요. 필사적으로, 겁이 난 티를 내지 않으려 노력하면서요.

"우리 얼마나 거기 있을 건데?"

"글쎄, 요즘 한달살이가 유행이라던데 우리도 그럴까? 매일 늦잠자는 거야. 아침도 점심에 먹고."

"엄마 회사는 어쩌고. 그렇게 오래 못 쉬잖아."

"걱정하지 마. 지금까지 쌓인 휴가가 많아서 이 정도는 괜찮아. 아들이랑 오랜만에 놀러 가는 건데,

이 정도는 엄마가 힘을 내야지."

엄마가 다시 입술을 핥았어요. 아이는 급히 눈을 감았습니다.

"나 졸려. 하루 종일 너무 힘들었어. 설거지도 못 할 것 같아."

마음에도 없는 소리를 하며 엄마에게 기대는 한편, 조심스레 현성이의 시야를 엿보았어요. 현성이는 복도에서 교실로 돌아간 상태였어요. 강사가 학원생들의 영어 발음을 일일이 교정해주고 있었지요. 곧 있으면 현성이의 차례였어요. 입안에서 되뇌는 현성이의 발음이 귓가를 스쳤다가 사라지기를 반복했어요.

현성이는 눈치챘을까요?

알아봤을까요?

엄마의 말에 담긴 속뜻을, 엄마의 버릇을.

"아들, 정말 여기서 잘려고?"

부스럭거리는 소리가 이어졌지요. 아이는 자는 척할까 생각하다가 황급히 몸을 일으켰어요.

"나 침대 가서 잘게. 깨우지 마요."

방으로 들어가자마자 아이는 문을 잠갔어요. 서

두르는 것처럼 보이지 않으려고 시간을 들여 천천히 서랍을 열었어요. 귀마개를 꺼내 끼고 침대에 들어가 눈을 감고 이불을 머리끝까지 올렸어요. 얼마나 지났을까, 엄마의 웅얼대는 목소리가 방문과 이불과 귀마개를 넘어왔어요. 발음 하나 알아들을 수 없지만 아이는 엄마가 영어로 말하고 있다고 생각했어요.

때마침 현성이의 차례가 돌아왔어요. 현성이는 언제나 그러하듯 자신만만하게 영어 문장을 읽어 나갔어요. 강사가 현성이의 발음을 칭찬하며 등을 두드렸지요. 아이의 등에도 감각이 넘어오는 바람에 하마터면 눈물이 새어 나올 뻔했어요. 조용히 숨을 들이쉬고 내쉬며, 아이는 울지 않으려 노력했어요. 하느님이든 부처님이든 누구든 간에, 자신의 바람을 들어줄 이에게 간절히 기도했어요.

제발 현성이가 아무것도 모르게 해주세요. 엄마가 뭐라 하는지 한마디도 못 들었고, 엄마의 몸짓에 담긴 의미를 모르고, 앞으로도 영영 모르는 상태로 남게 해주세요.

아이는 엄마에 대해서라면 뭐든 알아요.

엄마는 긴장하거나 거짓말할 때 입술을 핥아요. 화가 나면 머리를 쓸어내리고, 슬프고 착잡하면 입술을 깨물어요. 할아버지와 사이가 좋지 않고, 이모를 항상 못마땅하게 생각해요. 길가에 산책 나온 개들을 슬픈 얼굴로 바라보곤 하는데, 가끔 비슷한 시선으로 아이를 바라보기도 해요. 지금껏 떠나보낸 개와 고양이가 생각나기 때문이에요. 탄산음료를 싫어하고 간이 삼삼하고 맵지 않은 음식을 좋아하며 옷은 몸매가 드러나지 않는 헐렁한 옷만 입고 또 엄마는요, 아이스크림은 팥 아니면 우유 맛만 먹고 커피 대신 홍차를 좋아해요. 술은 미지근한 맥주만 마시고 목욕할 때는 머리부터 감고 또 엄마는요, 엄마는 있잖아요.

아이를 데리고 어떤 짓을 할 것 같아요.

조만간, 아마 내일 오후에.

여자에게 받은 명함이 떠올랐어요. 무슨 일이 생기면 연락하라던 말이 수십 년 전에 들은 것처럼 아득하게 느껴졌지요. 아이는 이불 밖으로 나가고 싶었어요. 코트 주머니에 든 명함을 펼쳐 여자에게 전화하고 싶었어요. 엄마가 내일 여행 가자고 말했다고,

근데 아빠랑 갔던 마지막 여행이 계속해서 떠오른다고요.

결코 여자에게 전화하지 못하리라는 사실 또한 아이는 잘 알고 있었습니다.

한창 치료를 받던 시기에 의사 선생님은, 성격 문제는 크게 신경 쓰지 말라고 하셨어요. 어떤 특성이 눈에 띄게 두드러지는 것일 뿐, 생활하는 데 큰 지장은 없다면서요.

"이 아이가 공부에, 그리고 이 아이가 가족에 집착하는 것도 크게 걱정할 일은 아닙니다. 각자의 노력과 치료로 어느 정도 제어가 가능한 수준이거든요."

의사 선생님은 큰엄마에게 그렇게 말씀하셨지요.

틀린 말이에요. 그저 어린아이들과 큰엄마를 안심시키려는 헛소리에 지나지 않아요. 이 병은요, 노력이나 어설픈 치료로 제어하지 못해요. 융합만이 유일한 살길이고, 융합되지 못한 사람에게 여지없는 죽음을 선고해요. 내내 아프던 현성이가 그럴 수밖에 없었던 것처럼요. 아이가 엄마에게 끝내 여행가기 싫다고 말하지 못했던 것처럼요.

이불 속에서 아이는 덜덜 떨었어요. 결심 같기도

하고, 바보짓 같기도 한 생각이 내내 머릿속을 떠나지 않았어요.

엄마가 같이 죽자고 해도 난 절대 손을 놓지 않을 거야. 무엇이든 날 사랑해서 하는 일일 테니까.

신체 간에 생각은 읽을 수 없다는 사실에 감사하면서도, 한편으로는 현성이가 자신을 말려주기를 바라기도 했지요. 현성이는 머리가 좋으니 명함에 적힌 전화번호를 기억하고 있을지도 몰라요. 아니면 아줌마 아저씨에게 뭔가 이상하다고 알릴지도 모르지만, 아니야 소용없어 소용없는 짓이야, 절대 그렇게 고자질하게 내버려두지 않아. 현성이가 그러지 못하도록 아이는 말릴 것이었어요. 엄마가 위험해지도록 내버려두지 않을 거예요.

무슨 일이 있어도 결코 엄마 손을 놓지 않을 거야.

아이는 살고 싶었지만 그 생각에서 벗어날 수 없었어요.

그날, 이불 속에서 까무룩 잠이 든 아이는 꿈을 꾸었어요.

나무에 걸려 구사일생으로 목숨을 건졌던 5년 전

의 어느 날, 어느 밤의 기억이었어요.

가까스로 눈을 떴을 때는 칠흑 같은 어둠이 아이의 주변을 감싸고 있었어요. 어느새 눈은 그쳤고 바람도 불지 않았어요. 오른팔이 아팠고 목이 말랐고 무엇보다 너무 추웠어요. 아빠와 현서를 부르짖었지만 돌아오는 대답은 없었지요. 정신을 놓았다가 눈을 뜨기를 수차례 반복한 끝에, 발보다 더 까마득한 아래서 날카로운 불빛이 비쳐들었어요. 하나의 불빛은 이내 수십 개의 불빛으로 불어나 땅바닥에 널브러진 무언가를 비췄습니다.

그 순간 아이는 잠에서 깨어났어요. 곤한 숨소리가 들리기에 고개를 돌리니, 엄마가 아이의 침대에 상체를 기댄 채 잠들어 있었어요. 아이는 여러 번 눈을 깜박였어요. 갑자기 깨어난 터라, 꿈에서 보았던 것들이 머릿속에 생생히 남아 있었어요.

땅바닥에 널브러진 엄마와 나.

사지가 뒤틀리고 부러진 뼈가 살갗 밖으로 튀어나오고 머리가 깨져 희끄무레한 뭔가가 피와 섞여 흘러나오는, 엄마와 나.

비명을 지르고 싶었지만 아이는 잠든 엄마를 위

해 참았어요. 흘러내린 눈물을 손등으로 훔치며 숨을 고르니 어느새, 너무 빨리 마음이 평온해졌어요. 이상하리만큼 고요한 시간이 찾아왔어요.

아이는 현성이가 듣지 못하도록 입안에서 조용히 되뇌었어요. 고장 나서 그래, 이건 못 고쳐, 나는 평생 이렇게 살다 죽을테지만.

엄마랑 함께라면 죽어도 좋아.

시계 때문에 이제는 파랗게 부어버린 왼손으로 엄마의 머리칼을 쓸어내렸어요.

밤이 지나가고 아침부터 먹구름이 하늘을 뒤덮었어요. 아이는 자동차에 가방 싣는 것을 도왔어요. 제주도에 며칠 가는 것치고는 이상하게 짐이 많았지만, 엄마에게 따로 물어볼 생각은 없었습니다.

아이는 뭐든 엄마가 좋다는 대로 하고 싶었거든요.

조수석에 올라탄 아이에게 엄마가 말했어요.

"이제 갈까, 아들?"

아이가 고개를 끄덕였어요.

"응, 엄마."

3

백금옥

금옥은 제사상에 굴비를 올린 뒤 한 발짝 뒤로 물러섰다.

난리 났다. 우라질. 제사상 차림새가 어딘지 모르게 볼품이 없었다. 가짓수가 모자란 것도 아니요, 밥과 탕국도 차려 올렸건만 뭔가 기분이 찝찝했다. 벽에 등이 닿을 때까지 뒷걸음질 친 뒤에야 깨달았다. 상 위에 붉은 것이 하나도 없었다. 죄다 노랗고 허옇고 거뭇하고 칙칙했다. 아침까지만 해도 퇴근하는 길에 마트에 들러 사과를 사 가야지, 생각하고서는 지금껏 잊고 있었다.

남편에게 연락해 붉은 과일이면 뭐든 사 오라고 시킬 생각이었는데 벌컥 현관문이 열렸다. 그새 눈이 내리는지 남편의 어깨며 머리에 허연 눈이 쌓였는데, 정작 얼굴은 추위 때문에 시뻘겋게 얼어 있었다.

저 인간 머리를 잘라서 제사상에 올리면 딱이겠네. 피식 웃는 금옥의 콧속으로 짭조름하고 기름진 만두 냄새가 들어왔다. 남편이 식탁에 만두가 든 비닐봉지를 올렸다.

“뭐야, 도와줄라 그랬는데 벌써 다 차렸네?”

그러고는 나무젓가락을 쪼개 금옥에게 건넸다.

“아니 이걸 지금 사 오면 어째. 제삿밥 먹기도 전에 배불러 뒤지겠네.”

“그럼 젓가락을 받질 말든가. 야 이, 안에 단무지 넣어준 거 봐봐. 많이도 챙겨줬어.”

스티로폼 용기 안에는 고기만두와 김치만두가 정갈하게 담겨 있었다. 제사상 차리느라 고생해 입맛이 달아난 줄 알았는데 만두 서너 개가 입안으로 홀랑홀랑 잘도 들어갔다.

“이렇게 일찍 올 거면 진작 전화를 했어야지. 시

부럴, 귀찮게 또 나가야겠구먼."

"왜? 뭐가 없어?"

"사과가 없잖어, 사과가. 아니 진짜아. 우리가 함께 한 세월이 하루 이틀도 아니고, 이 정도는 텔레파시로 파바박, 알아채야 하는 거 아니야?"

"당신 생각해서 만두 사 온 사람에게 웬 심술이야 심술은."

남편은 젓가락으로 김치만두를 가리켰다.

"이거 올려. 여기 김치만두 맛있잖아. 처제도 좋아할걸."

그래서 금옥은 김치만두 세 개를 덜어 제기에 올렸다. 붉은색이 상 위에 올라가니 그럴싸해 보이기는 개뿔. 반찬에 밥과 탕만 차려진 꼴이라 제사상이라기보다는 늦은 저녁상처럼 보였다. 시댁 성묘 때문에 향로와 촛대, 위패를 빌려 간 시누이께서 오늘도 금옥의 문자에 답장하지 않은 탓이었다. 금옥은 몇 달 뒤의 설날을 기대했다. 시누이의 머리끄덩이를 붙잡고 한바탕 뒹굴 생각을 하니 벌써부터 기분이 좋아졌다.

악필인 금옥을 대신해 남편이 지방을 적었다. 하얀

종이 위로 붓펜이 지나가며 수려한 글씨를 남겼다.

亡弟孺人白金怡神位*

남편이 안방으로 들어갔다. 금옥은 제사상을 향해 절을 올렸다.

한 번.

이렇게 절을 올리고 있노라니, 지금은 죽고 없는 부모님 생각이 났다. 결혼하고 10년 만에 생긴 딸을 금이야 옥이야 귀하게 키우겠다는 다짐으로 금옥(金玉)이라 이름 지었다는 두 사람의 말을 금옥은 믿지 않았다. 못난 부모였다. 금옥은 단 한 번도 부모님의 제사를 챙기지 않았다. 볕 좋은 양지에 나란히 장사지낸 것으로 자식 도리는 다한 셈 쳤다.

두 번.

한편으로는 이 짓거리도 올해로 끝내야겠다는 생각을 했다. 죽은 동생년 제사를 벌써 40년 가까이 지냈다. 이걸로 충분하다. 내년에는 날을 잡아 여행

---

* 망제유인백금이신위: 죽은 동생 금이의 영혼을 모신다.

이나 다녀와야지 싶다. 돈이 없는 것도 아니고, 일에 치이고 마음만 바빠 여태 해외여행 한 번을 못 갔다. 날이 차면 찰수록 더 말썽인 어깨와 무릎을 생각해서라도 따뜻한 나라가 좋을 것이다. 베트남이나 캄보디아, 하와이도 좋겠고 호주도 재미있지 않을까.

목례.

고개를 숙이자마자 바닥에 떨어진 핏방울이 눈에 들어왔다. 비릿한 냄새가 뒤를 이었다. 급히 휴지로 코를 틀어막는데, 타이밍 좋게도 핸드폰이 울렸다. 금옥은 발신인을 확인한 뒤 나지막이 욕을 뱉었다. 이런 씨발.

"뭐야. 뭔데?"

"백 경사님, 지금 어디세요? 집이세요?"

가뜩이나 톤이 높은 강초원의 목소리가 오늘따라 더욱 카랑카랑 울렸다. 금옥은 핸드폰을 귀에서 멀찍이 떨어뜨렸다.

"지금 여기 완전 난리 났어요. 당장 복귀하셔야겠어요."

"아이고, 강 형사님. 나 오늘 밤에 시간 못 뺀다고 저번 주부터 경감놈한테 백 번은 더 말했어. 애초에 병가도 내년까지였는데 위에서 뭣대로 불러가지고 말이야."

"정말 죄송해요. 근데 목소리가 왜 그러세요? 술 드셨어요?"

"코피 터져서 그래, 옘병. 옷에도 다 처 묻었네."

금옥은 옷을 벗으며 화장실로 향했다. 세면대에 찬물을 받고 티셔츠를 담그니 수면 위로 떠오른 핏물이 아지랑이처럼 흔들렸다. 세면대 거울을 내다보며 금옥은 말을 이어갔다.

"그럴싸한 거 아니면 안 갈 거야. 나 아직도 허리 비틀면 상처 땡겨, 죽겠다고. 경감 그 새끼가 직접 연락하기 불편하니까 너 시킨 거 모를 줄 알았어?"

거울 너머에는 몇 달 전의 과오가 또렷하게 남아 있었다. 배꼽에서 왼쪽으로 5센티미터, 거기서부터 옆구리까지 길게 이어지는 시뻘건 흉터. 칼에 찔려 구급차에 실릴 때만 해도 금옥은 속된 말로 그날이 자기 제삿날인 줄 알았다. 남들보다 혈관이 약해 작은 상처에도 피가 철철 흐르곤 하는데 그날은 댐 방류하는 수준으로 콸콸 쏟아졌다. 수술이 끝나고 일주일이 더 지나서야 식칼이 아주 절묘하게 장기를 비켜 갔다는 사실을 알게 되었다. 기적이라는 말이 딱 어울렸지만, 금옥은 자신을 구해준 신이든 뭣이든 누구에게도 감사를 전할 마음이 없었다. 옘병, 애초에 칼을 맞게 하지를 말았어야지.

보통 부상 얘기를 꺼내면 강초원은 울상이 되곤 했다. 괜히 요구르트 하나, 믹스 커피 한 잔을 챙겨주기도 하고 금옥의 운전기사를 자처하기도 했다. 그러니 이번에도 미안해 죽겠다는 목소리로 눈치를 볼 줄 알았더니만, 오늘은 이상하게 끈질겼다. 카랑카랑한 목소리가 갑자기 낮게 깔렸다.

"경감님은 지금 바쁘셔서 경사님께 연락할 짬이 안 나세요. 박현성 기억하시죠? 며칠 전에 경사님이 맡았던 애들이요."

그 이름을 듣자마자 똑같은 얼굴 셋이 뇌리에 떠올랐다. 쌍둥이처럼 보여도 각자 인상이 달랐다. 공부벌레, 마마보이, 그리고 환자. 금옥은 바로 어제 마마보이 현성을 만나 얘기를 나누고 온 참이었다.

"강아시의 한 산길에서 박현성의 위탁모가 체포되었는데 뒷좌석에 같은 얼굴을 한 아이들이 여럿 있더랍니다."

금옥은 화장실 거울에 머리를 박았다. 며칠간 들은 말 중에 제일 구역질 나는 소식이었다.

"씨발, 애는 왜 또 여럿이래. 둘이어야지!"

"정확히는 네 명이에요. 넷 다 정신이 온전치 않은 상태고요."

탄식이 절로 흘러나왔다. 둘도 충분히 좆 같은데 넷이라니.

"홍정은이지, 그 위탁모 이름."

"네, 맞습니다. 홍정은이요. 박현성III의 보호자요."

아주 뜻밖의 상황은 아니었다. 어제 마마보이 현성을 만난 뒤부터, 금옥은 홍정은이 언젠가 사고를 쳐도 단단히 치리라고 예상했던 바였다. 다만 학대의 증거가 명확하지 않았고, 마마보이 현성의 외관도 말끔한 데다 영양 상태도 좋아 보였기에 더 손쓸 겨를이 없었다. 이럴 줄 알았으면 망할 브로치를 핑계 삼아 체포부터 했을 텐데.

"애초에 왜 잡힌 거래? 그것도 산길에서 말이야."

"뺑소니였답니다. 앞서가던 차량을 추월하다가 사이드미러를 날려 먹었는데 멈추지 않길래 피해 차주가 신고한 거죠. 경찰에게 현장에서 잡혔을 때도 과

속하고 있었대요. 그 꼬불꼬불한 데를 120으로 날랐다는 거죠."

강초원은 잠시 숨을 고른 뒤 다시 말을 이어갔다.

"야반도주라도 하는 건지 트렁크에 짐가방이 가득했고요. 근데 이상한 게 자동차 뒷좌석 바닥에서 동전 지갑이 나왔는데 거기서 강남도서관 카드가 나왔어요. 근데 홍정은이랑 박현성III는 인천에서 살잖아요."

강남이라는 말이 나오기 무섭게 얼굴 하나가 머릿속에 떠올랐다.

"똑똑이 걔, 박현성I이 강남 살지 않아? 가족에게 연락해봤어?"

"안 그래도 조금 전에 아빠 쪽과 통화가 되긴 했는데 뭐 물어볼 새도 금방 끊더라고요. 문자는 보내놨습니다."

"뒷좌석에 있던 애들은? 지금 어디 있는데?"

"일단 여기 데려와서 2층 숙직실에서 보호하고 있어요. 구급차를 불러야 할까요?"

"아니, 일단 부르지 마. 하나만 더. 그 현성이들 중에 안경 쓴 애는 없었냐? 아니면 차에서 안경 나온 거 없어?"

"…경사님, 설마요."

"왜 그리 급하게 도망치는 홍정은 씨 차에서 우리 똑똑이 박현성이 지갑이 나왔을까. 난 궁금해 미치겠는데 말이야."

금옥은 세면대를 내려다보았다. 샴푸를 풀어 열심히 비볐건만 옷에 묻은 핏자국은 제대로 지워지지 않았다. 언제나 세상사 마음대로 돌아가는 법이 없고 한 번 꼬이면 계속 꼬이는 법이라지만, 이런 식으로 체감하고 싶지 않았다.

제시간에 제삿밥 먹기는 글렀다.

"지금 당장 출발할 테니까 5분 뒤에 다시 전화해. 무슨 일인지 제대로 알아보자고."

✶

경찰서로 향하는 택시 안에서 강초원에게 전해 들은 사건의 개요는 이러했다.

오늘 오후 8시, 경기도 강아시의 98번 국도와 인접한 산길에서 뺑소니 사고가 일어났다. 피해 차주는 사고를 낸 빨간색 경차가 사고 처리를 하지 않고 도주하자 경찰에 신고했고, 인근을 순찰하던 교통경찰이 사고 10분 만에 해당 차량을 검거했다. 사고 용의자는 나이 35세의 홍정은. 자동차 뒷좌석에서 홍정은이 위탁 보호하는 박현성III가 발견되었는데 어찌 된 연유인지 혼자가 아닌 네 명이었고 그중 세 명이 알몸이었다. 아이들이 공황에 빠진 점으로 미루어 교통경찰은 다중신체 증후군이 발병한 것으로 파악, 아동학대를 의심하여 지침대로 강아동부경찰서 여성청소년과에 연락했다.

한편 새로운 정보도 들어왔다. 서울 강남구에서도 아동 실종 신고가 들어온 것이다. 실종 아동은 나이 13세의 박현성으로 다중신체 증후군 환자이자 1호 신체였다. 박현성I은 초등학교 종업식을 마친 뒤, 3호 신체의 위탁모인 홍정은의 주도하에 박현성III와 함께 강아시립정신건강센터에서 치료를 받을 예정이었다.

일정대로라면 박현성I은 치료를 마친 뒤 학원에 갔어야 했다. 중학교 내신 대비반에서 10시까지 수업을 들어야 했겠지만, 박현성I은 8시가 다 되도록 학원에 등원하지 않았다. 이상함을 눈치챈 학원 원장이 위탁가정에 전화했고, 아이의 위탁부모는 뒤늦게 박현성I의 핸드폰으로 전화를 걸었으나 전원이 꺼져 있다는 음성만 반복되어 나왔다. 박현성I을 병원으로 데리고 간 홍정은의 핸드폰은 아예 수신이 정지되어 있었다. 위탁가정은 실종 아동이 정신건강센터에 다녀갔다는 사실을 확인한 뒤 박현성의 실종을 신고했다.

경찰에 압류된 홍정은 소유의 경차에서 발견된 동전 지갑은 예상대로 박현성I의 것으로 밝혀졌다. 그러나 박현성I이 평소 착용하던 안경과 핸드폰, 실종되었을 당시 입고 있던 옷가지는 어디에서도 나오지 않았다. 블랙박스 역시 메모리카드가 빠진 상태였다.

체포된 홍정은은 지금껏 어떤 혐의에도 침묵을 고수하고 있다.

금옥은 통화를 마친 뒤 차창을 내다보았다.

도로에 본격적으로 눈이 쌓이기 시작했다. 집을 나올 때만 해도 푸슬푸슬 날리던 눈발이 지금은 아기 주먹만 했다. 매연과 뒤섞여 꺼멓게 녹은 눈이 도로 양옆으로 밀려났다. 무수한 자동차가 일제히 비상등을 깜박였다. 택시가 경찰서에 도착할 무렵에는 바람까지 거세져 한 치 앞도 제대로 분간하기 어려울 정도였다. 흩날리는 눈발 때문에 경찰서 뒤에 자리한 이길산의 윤곽이 경찰서 건물과 한데 뒤섞여 보였다. 몸집이 거대한 그림자 같았다.

금옥은 스스럼없이 그림자 속으로 발을 들였다.

아동청소년과 사무실은 난리통이 따로 없었다. 금옥이 나타나자 자리에 앉아 있던 강초원이 벌떡 일어섰다. 주변을 둘러봐도 이 경감은 어디에도 보이지 않았다.

"이런 환장할 상황에 경감놈은 또 어딜 가셨대?"

"과학반에서 호출 들어와서 나가셨어요. 그러니까 만약에, 정말 만약의 경우를 대비해서요, 아까 과학반에 도로 CCTV 분석하라고 요청하셨거든요. 그리고 현성이 부모님들 방금 오셨어요. 일단 휴게실로 모셨습니다."

"홍정은도 여기 있잖아, 근데 여기 모셔놨다고? 미쳤냐?"

"용의자는 진술녹화실에 있어요. 휴게실과는 층

이 다르니 괜찮지 않을까요."

"변호사는?"

"그게… 안 부르더라고요. 지금 박 형사님과 이 형사님이 상대하고 계시는데 소용이 없대요. 진짜 아무 말에도 대답을 안 해요."

강초원은 주변을 둘러보더니 갑자기 목소리를 낮췄다.

"그리고 아까 홍정은의 가방을 살펴보니까 말입니다. 뉴질랜드행 항공권을 출력한 종이와 여권 두 개가 나왔어요. 근데 뉴질랜드라면 사전비자를 발급받아야 하지 않나요? 신체 혼자여도 발급이 되나요?"

"사전비자야 껌이지. 여권도 그렇고. 다중신체는 복지부에서 처리하는데 그 인간들이 할 일이 한둘도 아니고 언제 일일이 그런 걸 확인하고 앉아 있겠어. 걔네들도 그거 손 놓은 지 오래일 거다."

뉴질랜드라는 말을 듣자마자 어떤 놈팽이가 떠올랐다. 홍정은이 뭘 생각하고 있었는지도 짐작이 갔다. 바로 이런 이유로 이 경감이 금옥을 불러낸 것이리라. 언젠가 그는 회식 자리에서 금옥을 다중신체 전문가라고 추켜세운 적이 있었다. *완전 박사라니까,*

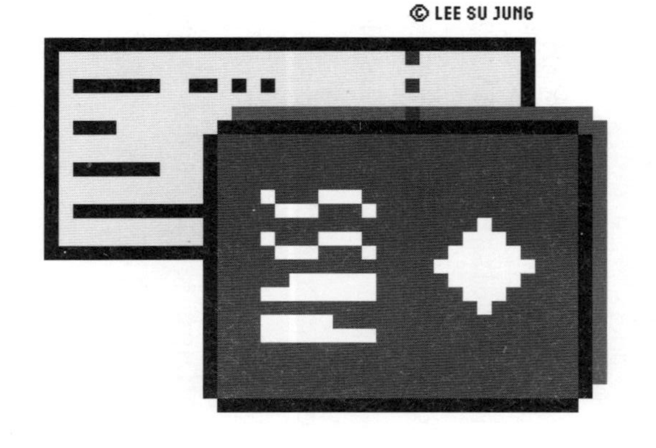
PASS

박사. 그날의 술판은 금옥이 이 경감의 얼굴에 맥주를 끼얹으며 끝이 났지만, 나중에 생각해보니 아주 틀린 말은 아니었다. 칼에 맞은 건 둘째 치더라도, 자신이 이런 일은 괜찮게 해결하는 편이긴 했다.

경험이 있으니까.

금옥은 강초원을 향해 고개를 돌렸다.

"일단 그 부부부터 숙직실로 데려가. 애들 확인부터 시키자."

숙직실은 올가을에 발령 난 새내기 순경이 지키고 있었다. 원래도 비리비리한데 지금은 뭐에 놀랐는지 창백하게 질린 얼굴 아래로 목울대가 연신 파들거렸다. 강초원이 데리고 온 부부 역시 상태가 좋지 않았다. 김서희는 금방이라도 주저앉을 것처럼 휘청댔고 임송준은 마른세수만 계속했다. 금옥은 숙직실을 턱으로 가리켰다.

"강 형사가 미리 말해서 아시겠지만, 이 안에 박현성이들이 있어요. 방 안으로 들어가지 말고, 큰 소리 내지 말고, 여기 꼼짝 말고 서서 아드님인지 확인만 하세요."

금옥은 천천히 문고리를 돌렸다. 이내 후끈하게 달궈진 공기가 뺨에 와 닿더니, 오줌 지린내가 복도로 스멀스멀 퍼져나갔다. 순경이 재빨리 고개를 돌렸다. 강초원이 입과 코를 감쌌다.

숙직실 안에는 네 명의 박현성이 앉아 있었다.

한 명은 하늘색 패딩 점퍼에 흰 스웨터와 검은 면바지를 입었고, 나머지 세 명은 알몸으로 담요만 겨우 둘렀다. 발육 상태로 미루어 10대 초반으로 보이지만, 금옥의 눈에 신체들은 그보다 더 어리게 보였다. 7살에서 8살 남짓. 신체의 반응은 천차만별이었다. 누구는 어른들의 방문에 겁을 집어먹었고, 누구는 벽에 몸을 기댄 채 미동이 없었다. 누구는 동공이 풀린 눈으로 웃고 누구는 자기 맨살을 계속해서 긁어댔다.

부부의 눈에 깃들었던 찰나의 희망이 한순간 재도 남기지 않고 꺼져버렸다.

없다. 이 아이들 중에 저들 부부의 박현성은 없다.

그렇게 판단하고 문을 닫으려는데, 김서희가 금옥을 붙들었다.

"잠깐만요, 형사님. 저 애들은 알지 않을까요. 그

러니까… 저희 현성이가 어디 있는지요. 같이 있었잖아요."

"저희도 이제 그걸 알아볼 참이라서요."

"그냥 지금 여기서 알아보면 안 되나요? 쟤들은 저흴 알아요, 현성이의 눈으로 계속 우리를 봐왔다고요. 우릴 무서워하지 않아요."

김서희는 동의를 구하듯 신체들을 향해 한 발짝 다가갔다.

"그렇지, 애들아? 아줌마 아저씨 알아보겠지? 현성이도 알잖아, 공부 잘하는 현성이. 지금 어디 있니?"

"선생님, 지금부터는 저희가 맡겠습니다."

강초원이 김서희를 가로막았다.

"진정하시고, 저희가 아드님을 찾기 위해 노력을 다하고 있어요."

이번에는 임송준이 나섰다.

"우린 이미 그 여자가 위험하다고 말했습니다. 이상하다고요. 그런데 이 지경이 될 때까지 내버려 두고선 어떻게 댁들 말을 믿겠습니까!"

"김 순경, 이분들 휴게실로 모셔가. 당장."

"제발, 애들아. 우리 현성이가 어디 있는지 얘기 좀 해줘. 살아는 있니? 너희 모두 보고 느끼고 있잖니."

"선생님. 그만 하세요."

"김 순경. 내 말 안 들려? 당장 모셔가라고."

"그냥 애 엄마가 하고 싶다는 대로 내버려둬요! 댁들보다야 애 엄마가 애들을 더 잘 알아요!"

"얘기를 좀 해달라고 그러잖아, 아줌마가. 너희들 계속 이러면 큰 잘못하는 거야, 경찰이 너희를 다 잡아갈 거라고! 너네 엄마처럼! 너희도 그런 꼴 당하고 싶어?!"

갑자기 한 신체가 자리에서 일어났다. 유일하게 옷을 입었고, 내내 손목시계를 매만지며 웃던 신체였다.

"엄마 여기 있어요? 정말? 어디 있어요? 나 엄마 만나러 갈래요."

금옥은 황급히 문을 닫았다.

강초원이 김서희를 잡아끄는 동안, 금옥은 아내를 도우려는 임송준에게 단호한 목소리로 말했다.

"거기서 한 발짝만 더 움직이면 공무집행방해로 체포할 겁니다. 농담 아니고요. 휴게실로 돌아가셔서 아내분부터 챙기세요."

"하지만…."

"나 진짜 진지해. 댁 아내가 애새끼 붙잡고 또 지랄하기 전에 얼른 데려가시라고."

결국 강초원이 부부를 챙겨 휴게실로 돌려보냈다. 금옥은 검지로 순경의 이마를 세게 밀었다.

"넌 씨발 내 말이 말 같지 않냐? 여기서 목석처럼 서 있으라고 너 데려온 거 아니거든? 앞으로 내 허락 없이 여기 누구든 들이거나 얼굴 들이밀게 하면 좋은 꼴 못 볼 줄 알아. 알겠어?"

순경이 더욱 파리하게 질린 얼굴로 고개를 끄덕였다. 금옥은 숨을 고른 뒤 문을 노려보았다.

옘병.

언젠가 이와 비슷한 광경을 본 적이 있었다.

기시감이나 영화에서 본 게 아니라 참말로 보았다. 담요만 여러 장 주어진 좁은 방에서 서로를 얼싸안은 아이들, 저마다의 공포와 분노와 슬픔이 벽지와 장판에 아로새겨졌다. 분뇨 냄새가 코를 찔렀다. 그때와 다른 점이 있다면 지금이 훨씬 심각하다는 것이었다.

강초원이 돌아와 금옥의 옆에 섰다. 진땀 꽤나 흘렸는지 몇 분 만에 폭삭 늙어버렸다.

"부부는 뭐래? 아직도 난리 났어?"

"경찰이 협박했다고 언론에 찌르지 않기만을 바라야죠, 뭐. 근데 애들 말이에요. 지금 많이 위험한 상태인가요?"

"2차 분리인데 당연히…."

좆됐지, 라고 말하려다 금옥은 입을 다물었다. 문 너머에 바로 어린애들이 있다. 아직 중학교도 못 들어간 애새끼들이.

"…위험하지. 얘네들은 언제 분리되었대?"

"교통사고 전후로 치면 두 시간 정도이지 않을까요?"

"좋아, 좋아. 아직 승산 있어."

금옥은 다시 문을 열어 숙직실 안으로 들어갔다. 그사이 누가 또 오줌을 싸질렀는지, 누런 얼룩 위로 새로운 얼룩이 더해져 있었다. 강초원이 담요로 오줌을 닦는 사이, 웃는 신체가 금옥에게 다가왔다.

"아줌마는 엄마 어디 있는지 알죠? 가르쳐주세요, 저 빨리 엄마 만나러 가고 싶어요."

금옥은 웃는 신체를 무시하며 넋이 나간 얼굴로

벽에 기대앉은 다른 신체에게 다가갔다. 괜찮아, 괜찮아, 낮은 목소리로 말하며 신체의 뺨에 손바닥을 가져다 댔다. 얼음장처럼 차가운 피부가 마치 도배용 풀을 바른 것처럼 금옥의 손바닥에 찰싹 달라붙었다가 천천히 떨어졌다. 오줌을 지린 신체를 끌고 와 팔을 맞붙히니, 신체들의 피부와 피부가 엉기며 달라붙었다. 처음에는 팔부터 시작해 어깨와 얼굴, 상반신이 차례대로 이어졌다. 조용히 오물거리던 입술도, 정신없이 흔들리던 눈알도 잠잠해졌다. 내친 김에 맨살을 계속해서 긁어대던 신체도 데려와 두 신체를 끌어안게 했다. 피부가 물풀처럼 녹아내렸다. 푸르게 질린 입술에 색이 돌아왔다. 거칠던 숨이 잦아들었다.

인터넷에서는 융합 중인 신체를 슬라임에 빗대곤 하지만, 금옥은 언제나 이들이 밀가루 반죽 같다고 생각했다. 어른들이 멋대로 주무르다가 결국 뜯기고 요리되는 밀가루 반죽.

금옥은 한 덩어리가 된 신체들에게 담요를 둘러줬다.

“이대로 두고 날 밝자마자 구급차 불러서 병원

데려가면 돼. 운이 좋으면 아침 전에 융합이 끝나겠지만."

강초원이 헛웃음을 내뱉었다.

"너무 주먹구구식 아니에요? 치료하는 데 시간이 좀 든다고 들었는데요."

"분리 직후에는 금방 해결돼. 사람들이 그걸 모르니까 언제나 나중 가서 개고생하는 거지."

금옥은 계속된 무시에 침울해진 신체에게 말했다.

"넌 아줌마랑 얘기 좀 하자. 그나마 말 통하는 게 너밖에 없어 보이네."

"엄마 얘기요?"

"그래. 네 엄마 얘기."

신체는 신이 났는지 제자리에서 폴짝폴짝 뛰었다.

"나 당장 엄마 만나러 갈래요! 엄마 볼 거에요!"

"안 돼. 지금 가면 엄마가 많이 놀라고 슬퍼할 거야. 아줌마한테 무슨 일이 있었는지 솔직하게 말하면 만나게 해줄게."

"엄마가 왜 슬퍼해요?"

신체는 이해가 가지 않는지 고개를 연신 갸웃거렸다.

"엄마는요. 내 얼굴만 봐도 좋다 그랬어요. 내가 이 세상에서 제일 착하고 예쁘대요. 근데 엄마가 왜 나 때문에 슬퍼해요?"

"그러게. 네 얼굴만 봐도 좋다는 사람이 너랑 똑같이 생긴 애한테 대체 뭔 짓을 한 걸까."

"뭔 짓이 뭔데요? 나랑 똑같이 생긴 애?"

금옥은 천천히 신체를 훑어보았다. 다른 경찰이 놓쳤을 법한 어떠한 징후를 찾아내려 했고, 이윽고 왼쪽 이마와 두피의 경계선에 불긋하게 자리 잡은 무언가를 발견했다.

"가만있어 봐."

신체의 머리칼을 헤집으니 왼쪽 귀 위에서 정수리 사이로 붉은 피멍이 자리하고 있었다. 금옥이 손가락으로 누르니 신체가 앓는 소리를 냈다.

"아야! 거긴 왜 만져요!"

피멍에서 더 뒤쪽으로 넘어가자, 이번에는 작은 혹 따위가 느껴졌다. 금옥은 잠시 고민했고, 말을 돌려봤자 애새끼에게는 소용없다는 사실을 되새겼다.

"너, 엄마가 현성이 때리는 거 봤지?"

문에 기대서 있던 강초원이 경악한 얼굴로 고개

를 저었다. 미쳤어요, 경사님? 벙긋거리는 입에도 금옥은 아랑곳하지 않고 강초원의 주머니를 가리켰다. 뜻을 알아챈 강초원이 황급히 핸드폰을 꺼냈다. 띠링, 하는 소리와 함께 카메라 불빛이 반짝였다.

신체는 아는 얘기가 나와서 신이 난 모양이었다.

"네. 봤어요."

"엄마가 현성이 어떻게 때렸어? 주먹으로? 아님 발로 찼어?"

"아니요. 엄마는 그렇게 무식하게 안 때려요."

그리고 아이는 양손을 치켜들어, 무언가 쥐는 자세를 취했다.

"엄마가요. 이렇게 삽을 들고 현성이 머리를 쳤어요. 두 번."

신체가 깔끔하고 군더더기 없는 자세로 투명한 삽을 바닥에 내리찍었다.

"두 번씩이나? 그거 엄청 아팠겠네. 엄마가 나빴다."

"진짜 진짜 아팠어. 죽는 줄 알았어요. 누가 내 머리에 대포 쏜 줄 알았어요."

신체는 우는 소리를 내며 머리를 매만지다가 방긋 웃었다.

"그래도요, 엄마가 미안하다고 안아주고 그래서 괜찮다고 그랬어요. 안 아프다고요. 나 정말 잘했죠?"

"그래, 잘했네. 박현성이 정말 장하다. 엄마 생각할 줄도 알고."

참을 인 석 자면 살인도 면한다는데, 금옥은 백 자를 더해도 울렁이는 속을 참기 힘들었다. 마른침을 삼키며 목을 가다듬었다.

"근데 그때 현성이가 싫다 안 그러든? 너도 걔도 완전 어린애는 아니잖아. 싫다고 난리 치지 않았어?"

"아니요. 현성이 그때 자고 있었어요. 그래서 잠깐 아프고 말았을 걸요."

"왜 자고 있었는데? 엄마가 현성이에게 뭐 먹였니?"

"우리 먹은 거는 국수밖에 없어요. 근데요, 걔 학원으로 데려다주는 길에요, 내가 엄마 가방을 봤는데 그게 있었거든요. 여행 갈 때 가져가는 수첩이요."

"수첩이 아니라 여권이야. 너랑 엄마 거."

"그거하고 영어 많이 쓰인 종이가 있었는데, 엄마가 그건 제주도 가는 티켓이라 그랬거든요. 잃어버리면 안 된다 그랬어요."

제주도가 아닌 뉴질랜드. 금옥은 고쳐주고 싶었

지만 입을 다물고 신체의 말에 귀를 기울였다. 내내 즐겁게 얘기하던 신체가 갑자기 씩씩거렸다.

"근데 내가 보는 건 걔도 보잖아요. 걔가 갑자기 화를 내는 거예요. 현성이를, 그러니까 나를 어디로 데려갈 생각이냐고요. 막 소리 지르고 문고리 잡아당기고 그래서, 엄마가 결국 차를 세웠거든요. 근데, 걔가 자기네 엄마 아빠한테 또 고자질하려는 거예요! 치사하게!"

"고자질하려고 해서? 그래서?"

"그래서 걔랑 싸웠죠. 그러다가 내가 밀어버렸는데 현성이 걔가 돌 위로 넘어진 거예요. 내가 아무리 흔들어도 안 일어나더라고요. 그래서 죽었나 무서웠는데 엄마가요, 현성이는 자고 있는 거랬어요. 공부를 너무 열심히 하다 보면 갑자기 잠들기도 한다고요."

"너는 그 말을 믿었니?"

"조금 이상하긴 했어요. 그래도 엄마가 그렇게 말했잖아요. 엄마는 거짓말 안해요. 그러니 현성이는 진짜 자고 있던 걸 거예요."

"그래서 엄마가 현성이 머리를 삽으로 칠 때까지

현성이가 움직이지 못했던 거구나.”

“맞아요. 더 얘기해요?”

“그럼. 모두 털어놔, 그러면 정말 엄마 만나게 해 줄게.”

신체는 더욱 흥이 오른 얼굴로 뒤이어 벌어진 일을 이야기했다. 홍정은은 (신체가 알기에) 잠이 든 박현성I의 옆을 한참 동안 서성이다가, 박현성I의 품에서 핸드폰을 꺼내 전원을 끄고 발로 밟아 부쉈다. 공포에 빠진 자기 아들을 필사적으로 달랬고, 이윽고 박현성I을 차에 실어 주변을 돌아다니다가 인적 드문 산길을 발견해 그리로 올라갔다고 한다. 얼마나 올라갔을까, 눈이 드문드문 쌓인 평지가 나타났다. 시멘트 자루며 철근, 각목 따위의 건축자재가 여기저기 아무렇게나 널브러진 곳이었다.

신체는 홍정은이 아주 오랜 시간 동안 운전석에 앉아 있었다고 말했다. 핸들을 꽉 붙들고는 알아들을 수 없는 말을 중얼거렸는데, 그러는 와중에도 룸미러를 통해 뒷좌석의 아들과 축 늘어진 박현성I을 살피고 있었다는 것이었다. 그때껏 박현성I은 의식을 찾지 못한 상태였다.

연거푸 한숨이 반복된 뒤에야 홍정은이 자동차 밖으로 나갔다. 그리고 근처에서 삽 하나를 찾아낸 뒤 자동차 헤드라이트를 평지와 인접한 숲을 향해 비췄다. 쌓인 낙엽을 치우고 얕은 구멍을 팠다. 박현성III는 자동차 안에서 내내 그 광경을 지켜보았다.

"안 무서웠어?"

"그때는 계속 울었는데 지금은 모르겠어요. 그냥 그래요."

30분간 구멍을 판 홍정은은 차로 돌아왔다. 여행용 가방에 씌우는 방수포를 뜯어 박현성I을 돌돌 만 뒤, 아들을 토닥이는 것처럼 품에 안아 들고는 구멍으로 데려갔다. 차 안에서 자신을 내다보는 박현성III을 멀찍이서 쳐다보며 흰 숨을 뱉었다. 아랫입술을 피가 나도록 씹었다. 이윽고 홍정은이 삽을 치켜들었다.

"엄마 그때 눈 감고 있었어요. 이마가 쭈글쭈글 완전 꼬부랑 할머니처럼. 자동차 불빛이 너무 눈부셨나 봐요."

그리고 자동차로 돌아와 도로로 나간 지 몇 분도 지나지 않아 박현성III의 2차 분리가 일어났다.

신체는 모든 이야기를 털어놓으며 내내 명랑한 태도를 유지했다. 연기가 아니었다. 공포는 겁먹어 오줌을 지렸던 신체의 몫이지, 이 아이의 것이 아니었다.

금옥은 신체의 머리를 조심스레 쓰다듬었다. 손끝이 피멍과 혹에 닿을 때마다 작은 어깨가 움찔움찔 튀어 올랐다.

"잘했어. 이렇게 아줌마한테 모두 털어놓고. 현성이 정말 기특하고 착한 아이네."

"그치, 난 착한 아이인걸요. 이제 엄마 만날 수 있어요?"

"아니. 하나만 더. 현성이는 지금 어디에 있을까?"

금옥의 말에 신체는 까르르 웃음을 터뜨렸다.

"어딨긴요! 나 여기 있잖아요!"

"아줌마는 네 엄마가 묻어버린 현성이를 말하는 거야. 안경 쓴 애 말이다. 모두 봤다고 그랬잖아. 거기 근처에 눈에 띌 만한 게 없었어? 이정표나 간판 같은 거."

순순히 대답이 나올 줄 알았건만, 신체는 별안간 눈을 동그랗게 뜨며 입을 다물어버렸다. 무언가 고민하는 시늉을 했다.

"왜? 걔는 왜 찾아요?"

"아까 그 아줌마 아저씨가 걱정하니까 그러지. 너도 봤잖아, 아줌마 엉엉 우는 거."

"하지만 난 그 아줌마 아저씨가 싫어요. 엄마를 미워하잖아. 경찰에 꼰지르고. 현성이도 그래요, 걔 때문에 모두 망했다고요. 걔가 전화하겠다 그러지만 않았어도 나랑 엄마는 지금 제주도에서 잘 놀고 있었을 거예요."

"그래. 현성이도 잘못했고, 아줌마 아저씨도 잘못했어. 그래도 우리 착한 현성이가 용서해주자."

"그치만요… 엄마가 안 된다 그랬는걸요."

이런 씨발 좆같은 썅년. 금옥은 욕지거리를 목구멍으로 밀어 넣었다. 열불이 터져 세게 내뿜은 콧바람이 핸드폰에 모두 찍혔겠지만, 지금은 표정을 갈무리하는 것만도 버거웠다.

"지금까지 모두 아줌마한테 얘기해줬잖아. 그냥 알려주면 안 돼?"

"엄마랑 새끼손가락 걸고 약속했어요. 현성이 어디 있는지 누구에게도 말하면 안 된다고."

"하지만 이거 대답 안 하면 현성이는 평생 엄마를 못 만나게 될 거야. 그래도 좋아?"

의기양양하던 두 눈에 눈물이 배어들었다. 신체는 금옥의 얼굴도 보지 않고 "평생."이라는 말만 되풀이했다. 담요를 덮은 다른 신체들로 고개를 돌리기도 했지만, 그들 모두 도움을 줄 상태는 못되었다. 이미 머리가 완전히 엉겨 붙었다. 꿀렁꿀렁, 살과 뼈와 내장기관이 녹아내리는 소리가 대답처럼 돌아왔다.

신체가 겁먹은 얼굴로 금옥을 돌아보았다.

"정말 평생 못봐요? 거짓말 아니고?"

금옥은 박현성III의 살날을 계산한 뒤 고개를 끄덕였다.

"그래, 평생."

"하지만… 그치만 진짜 엄마가 아무한테나 얘기하면 안 된다 그랬단 말이에요. 난 착한 애니까 엄마 말을 잘 들어야 한다고요. 그냥, 그냥 엄마 보게 해주면 안 돼요? 엄마 보게 해주세요, 제발요."

신체는 계속 조르고 조르다가 안되겠는지 울음을 터뜨렸다. 바닥에 등을 붙이고는 팔다리를 사방으로 흔들며 생떼를 부렸다. 금옥은 머릿속으로 초를 셌다. 7, 8, 9··· 32, 33, 34··· 50, 51, 52··· 신체는 정확히 67초 만에 발버둥을 멈췄다. 더 울지도 못하고 헉헉대며 사지를 늘어뜨렸다. 예상보다 10초는 더 버틴 셈이다. 2차 분리 때문에 몸이 더욱 약해졌을 텐데 코피를 흘리지 않은 것만도 칭찬하고 싶었다.

"촬영 끝내. 이만하면 됐어."

강초원이 핸드폰을 도로 주머니에 집어넣었다. 금옥은 싫다고 바르작대는 신체의 옷을 모조리 벗긴 뒤 융합 중인 신체들을 끌어안게 했다. 살과 살이 맞붙으며 신체의 짜증도 점차 잠잠해졌다. 엄마를 부르짖는 목소리가 가늘어졌다. 금옥은 강초원과 함께 숙직실을 나왔다.

복도로 나가자마자 강초원은 입을 틀어막았다. 금옥은 벽에 기대서서 호흡을 가다듬었다. 저 아이들의 처지가 너무 가엾다던가, 눈 속에 파묻혀 있을 박현성이가 너무 걱정된다든가 하는 상투적인 이유는 아니었다. 냄새 때문이었다. 강초원이 담요로 열심히 닦았지만 결국 숙직실에 배일 게 분명한 오줌 지린내 때문이었다. 코피가 터질 것 같았다. 복도에서 숨을 고르는 것만으로는 부족해 건물 밖으로 향했다. 강초원이 허둥지둥 따라왔다.

밤하늘은 여전했다. 진회색 구름이 이제는 아기 주먹이 아닌 타조알만 한 눈을 퍼부어댔다. 금옥은 찬 공기가 폐에 가득 스밀 때까지 숨을 들이켰다가 내쉬었다.

"경감놈한테 전화해."

옆에 서 있던 강초원이 말했다.

"뭐라고 할까요?"

송곳처럼 콧속을 가득 찌르던 지린내가 이제야 희미해진다. 말을 길게 뱉을 여유가 생겼다.

"방금 녹화한 영상 보내고 말해. 똑똑이 박현성이 아직 살아 있다고."

*

금옥은 진술녹화실에 들어가자마자 책상에 서류철을 내던졌다.

"좋은 소식과 나쁜 소식이 있어요."

책상 맞은편에 앉아 있는 홍정은은 아무 말이 없었다. 고개를 떨군 채 책상에 올려놓은 자기 손만 매만졌다. 강초원은 홍정은이 무서운 여자라며 호들갑을 떨었지만 글쎄, 무섭다기보다는 성미가 변덕스러운 작은 개를 마주하는 기분이었다.

금옥이 보기에 홍정은은 겁에 질려 있었다.

숙직실의 그 신체처럼 바닥에 오줌을 싸지를 수준은 아니지만, 연신 마른침을 삼키며 깍지 낀 손을 주무르는 것으로 보아 이 자리가 무척 불안하고 불편한 것처럼 보였다. 잘 보니 소매며 옷 곳곳에 붉은 흙이 묻어 있었는데, 도주 중에 붙잡힌 길 생각하면 옷을 갈아입을 여유조차 없었던 모양이었다.

금옥은 의자를 끌어내 앉았다.

“내 소개는 전에 했으니까 생략하고, 묵비권이 있으니 대답할 필요 없는 것도 아시겠고, 아무튼 아까 말한 대로 좋은 소식 있고 나쁜 소식 있고. 근데 난 성미가 급해서 맛있는 것부터 먹거든요? 그러니까 좋은 소식부터 얘기하자면 댁의 박현성이는 괜찮을 겁니다.”

금옥은 태블릿 PC에 박현성III가 융합하는 영상을 띄워 홍정은에게 보여줬다. 소리는 일부러 키지 않았다. 홍정은의 시선이 태블릿 PC에서 천장으로 향하더니, 이내 책상에 올려놓은 자기 손으로 돌아갔다. 주먹 쥔 손이 하얗게 질렸다. 아무래도 이건 홍정은에게 좋은 소식이 못 되는 모양이었다.

금옥은 영상이 끝날 때까지 기다렸다.

“뭐, 아드님 살날이 며칠은 더 늘어난 셈이죠. 이제 나쁜 소식을 말하자면, 아드님이 이것저것 말해줘서 댁이 뭔 짓을 했는지 알았거든요? 근데 있지, 일 처리를 너무 못 했어. 댁이 파묻은 애가 아직 살아 있거든.”

홍정은의 어깨가 움찔거렸다. 얼굴을 반쯤 가린 앞머리 사이로 아랫입술을 세게 깨무는 것이 보였다. 금옥은 조금 웃고 말았다.

“아드님 피부 안 만져봤지?”

“…….”

“신체끼리 오감만 공유한다고들 하는데, 실은 감각신경도 영향을 받아요. 체온이 어느 정도는 서로 맞아떨어지지. 숙직실이 완전 사우나더만 아드님 피부가 차가워도 너무 차갑더라고. 달리 생각하면 그 덕분에 우리 똑똑이 박현성이가 살아 있는 거지만.”

“…….”

“난 지금 그 쪽에게 선택지를 주려는 겁니다. 죽

이느냐 살리느냐, 살인이냐 살인미수냐. 범행 대상이 아동이고 환자라서, 살인으로 재판 들어가면 절대 좋은 꼴 못 봐요. 인생 파탄 나는 건 둘째치고, 아드님이 죽어도 조문은 꿈도 못 꾼다는 거지."

"……."

"근데 살인미수는 사정이 좀 나아. 아드님이 먼저 사고 친 것도 있고, 언론에서 크게 때리지 않는 이상 20년은 절대 안 나오거든. 내 생각에는 10년? 그러면 박현성이랑 박현성이가, 융합 못 해서 일찍 죽어도 장례식은 맞춰서 나올 거 아니야. 애들 죽는 건 어쩔 수 없대도 애한테 엄마 엄마 소리 듣는 마당에 엄마 도리는 다해야지."

시계 초침이 시끄럽다 싶었는데 잘못 들은 것이었다. 홍정은의 구두 뒷굽이 바닥에 엇박자로 부딪히고 있었다.

"현성이 어디에 있습니까."

다시 침묵.

금옥은 의자 등받이에 몸을 묻었다. 팔짱을 꼈다.

"댁이 왜 뉴질랜드로 가려고 했는지 알지. 무슨 심정이었는지도 알아. 다른 놈들은 몰라도 나는 이해를 하지."

뉴질랜드라는 말에 홍정은이 고개를 들었다. 벌겋게 충혈된 두 눈으로 힘없이 금옥을 바라보았다. 금옥은 서류철에서 뉴질랜드행 티켓이 출력된 종이를 꺼내 펼쳤다.

"뉴질랜드에 최 박사인가 뭔가 나부랭이가 있잖어. 이 인간이 다중신체 관련해서 인지도가 좀 있지요. 서울대 나오고, 방송도 좀 타고 책도 내고. 그러다 요즘은 융합 치료 실패한 애들을 뉴질랜드 농장에서 먹고 재우며 수명 늘려준다고 뻥을 치고 앉아있잖아. 근데 있지, 내가 이 새끼를 상종 못 할 사이비나 돌팔이로 못 보는 이유가 있어. 효과가 없는 게 아니거든요. 공기 맑고 물 좋은데 애들을 데려다 놓으니까, 마음이 막 편해져. 여유로워. 그러다 융합하는 일이 생기기도 하는 거지. 괜히 보호자들이 몇천만 원씩 들여가며 가는 게 아니야."

바닥 두드리는 소리가 잦아들었다. 피딱지가 진 홍정은의 아랫입술도 힘이 빠졌다. 금옥은 서류철에서 다음 서류를 꺼내 보였다. 홍정은의 계좌 이체 내역이었다. 일주일 전, 홍정은은 최 박사가 운영하는 비영리단체로 오천만 원 가량의 현금을 입금했다.

금옥은 홍정은과 눈을 맞췄다. 온 힘을 다해, 상대를 연민하고 동정하는 것처럼 연기했다.

“당신 아들을 위해서라는 것 압니다. 엄마 노릇하려고 힘냈던 거 알아요.”

달싹이던 입술이 마침내 열렸다.

“…그때는 그게 유일한 해결책으로 보였거든요.”

몇 달 만에 듣는 홍정은의 목소리는 무척 메마르고 갈라진 상태였다. 무어라 말하는지 제대로 들리지 않아 금옥은 귀를 기울여야 했다.

“아는 분 소개로 찾아봤었어요. 최 박사는… 뭐랬던가, 뉴질랜드 토양에서만 생성되는 전자기파가 아이의 성장 호르몬을 자극해서 수명을 늘려준다… 뭐 이렇게 얘기를 하는데요. 솔직히 다 개소리죠. 말도 안 되잖아요. 근데 생각보다 치료가 된 사례가 많더라고요. 적어도 거기서 아이가 죽은 일은 없었대요.”

“지금 날씨면 따뜻하겠네, 뉴질랜드. 키위도 먹고 관광도 하고.”

금옥은 마음속으로 내년 여행지 후보에 뉴질랜

드를 추가했다.

“그런데 왜 한국으로 돌아오는 티켓은 안 샀어요? 미리 사두는 게 낫지 않나?”

“상태를 지켜봐야하니까요. 형사님도 아시겠지만 이 병이 언제 어떻게 될지 모르는 거잖아요. 몇 년이 지나도록 차도가 없을지도 모르고…”

홍정은은 길게 한숨을 내쉬며 눈가를 눌렀다. 금옥이 티슈를 건넸지만 사양했다.

“우리 홍정은 씨가 아들을 많이 사랑하시네. 일이 이렇게 된 건 참 유감인데 말입니다.”

“그래요. 정말 유감이었죠.”

홍정은의 입가에 엷은 미소가 떠올랐다. 불과 반 나절 전 어린애를 삽으로 후려친 사람답지 않은, 허탈하고 피로한 미소였다. 이대로 몇 시간 더 밀고 당기며 진을 빼도 되겠지만, 남은 시간이 얼마 없었다. 좋은 경찰 노릇은 언제나 질색이고 어울리지도 않지만 지금은 달리 방법이 없었다.

“아이가 어디 있는지 말만 해주면 우리도 나름 도와줄 겁니다. 변호사 선임이야 나라에서 대주는 거니 생색은 못 내도, 다른 건 도와줄 수 있어요. 원하면 아드님도 주기적으로 만나게 해줄게. 지금 당장도 괜찮고."

"지금은 융합 중이라고 하셨잖아요. 시간이 오래 걸릴 텐데요."

"융합 중이래도 감각이 아주 죽는 건 아니라서 댁 목소리 정도는 알아들어요. 애가 엄마 보고 싶어서 아주 난리를 치더만."

"누군지 알겠네요. 근데 다른 애들이 절 엄청 무서워하더라고요."

홍정은은 그렇게 말한 뒤 테이블 모서리를 향해 고개를 틀었다. 기도하는 것처럼 깍지 낀 손을 무릎에 올리고는 길고 긴 숨을 내쉬었다.

"분리를 직접 보는 건 처음이었어요. 많이 놀랐고, 지금도 무서워요. 떠올리기도 싫어요. 뭐라더라… 옛날에는 애들이 분리되면 산에 갖다버리고 그랬다잖아요. 이해가 가더라니까요? 한 아이는 살려달라 빌고, 다른 아이는 방긋방긋 웃으면서 내 팔을 잡고 그러니까, 세상에, 내 아들은 어디 가고 저런 미친 애들만 가득한 건지. 지옥 같았어요."

"그래서 당황하는 바람에 뺑소니를 내셨다."

"맞아, 뺑소니. 보험도 다 해지한 상태라 어떻게 물어줘야 할지 모르겠네요."

홍정은은 푸스스 웃음을 흘렸다.

"제가 참 모자란 사람이에요. 많이 노력한다고 했는데도 결국 이 모양 이 꼴이 나고 말았어요."

금옥은 이해하는 척 고개를 끄덕였지만 미칠 지경이었다. 대화가 이상한 방향으로 흘러가고 있다. 아이가 있는 곳을 말하면 최대한 선처해주겠다는데도 홍정은은 계속해서 주제를 벗어났다.

남편이 언젠가 조언한 적이 있다.

공감하고 함께 슬퍼하는 척하고 싶어? 그러면 어깨나 손을 잡아. 체온이 닿으면 사람 마음이 누그러지거든.

그래서 금옥은 홍정은의 어깨로 손을 뻗었다. 마사지하듯 둥글게 문질렀다. 난방이 잘 되기는 진술녹화실 역시 마찬가지인데, 홍정은의 어깨는 자기 아들처럼 차게 식어 있었다.

"홍정은 씨."

금옥은 나지막이 이름을 불렀다.

"아직 안 늦었어. 당신이 더 후회하고 더 모자란

사람이 되기 전에, 돌이킬 수 있어요. 이 모양 이 꼴이어도 아들을 위해서 해줄 수 있는 일이 있다고."

금옥이 어깨를 힘주어 잡자 홍정은의 미간이 사정없이 구겨졌다. 적잖게 당황한 눈치였다.

"형사님. 제 말뜻은… 좀 잘못 알고 계시는 것 같은데… 그런 게 아니에요. 이걸 어떻게 돌이켜요?"

"뭘 못 돌이켜? 요즘 세상에 이것보다 더한 잘못 저지르고도 떵떵거리며 사는 사람 차고 넘쳐. 그에 비하면 우리 홍정은 씨는…."

"그런 뜻이 아니에요. 저는 아들이 분리되는 걸 보고 말았다고요. 아들 역시 다른 현성이들처럼 미친 애들이 섞이고 섞여 만들어졌다는 걸 알게 되었단 말이에요. 그래도 품어야죠, 인정하고 받아들여야겠죠. 제가 엄마니까요. 하지만 저는 지금의 아들로도 무척 버거워요. 무슨 뜻인지 아시겠어요?"

금옥은 대답하지 않았다. 홍정은은 계속해서 말을 이어갔다.

"그 아이를 찾아내면, 다시 융합 치료에 집중할 것 아니에요. 그렇지만 이미 모자란 것들이 섞여 만들어진 제 아들에게 그보다 더 못나고 끔찍한 걸 섞어야 한다는 게 전 정말이지… 너무 불쾌하고 창피한 거예요. 제가 어디에 있든 어디에서 살든 감옥을 가든 말든, 제 아들이 더 싫어질 거라고요.”

“하지만 그게 원래의 박현성이야.”

우라질. 착한 형사 노릇도 더는 못 해 먹겠다. 금옥은 이름 석 자를 하나하나 힘주어 다시 말했다.

“비록 한 조각이 떨어져 나갔어도 그게 원래의 박현성이야. 댁이 옳다 아니다 가릴 게 아니라고.”

“아니요, 제가 옳아요! 그 아이는요… 원래부터 박현성의 티끌이고 오점이었어요. 그 애가 먼저 시비를 걸지만 않았어도 일이 이렇게까지 꼬이지는 않았을 거예요. 저는 아들과 함께 뉴질랜드로 갔을 테고 거기서 치료를 받았을 테고, 그리고… 맙소사, 저희 현성이가 얼마나 좋은 아이인지 아시잖아요! 그런 미친 것들이 섞여졌다는 게 믿어지지 않을 정도로 착한 아이예요. 그런데 거기에, 걔를요? 예의도 경우도 없고 자기 자신밖에 모르는 그런 이기적인 아이를 섞어요?”

“그 티끌조차 박현성이야.”

금옥은 테이블 다리를 움켜잡았다. 저 면상을 후

려갈기지 않으려면 그게 최선이었다.

"다중신체 증후군이 무슨 뜻인지 몰라? 걔도 당신 아들도 결국은 하나로 이어져 있다는 뜻이야. 서로가 서로의 일부이고 몸이라고."

"아니요, 아니요… 형사님, 저는 그렇게 생각하지 않아요."

정은은 세차게 고개를 저으며 말을 이었다.

"그런 일부는 필요 없어요. 쓸모없고, 걱정할 가치조차 없어요. 설사 우리 현성이가 잘못된대도 저는 지금의 온전한 모습으로… 죽기를 바라요. 제가 사랑하는 모습으로 남길 바란다고요."

홍정은의 개소리를 들으며 금옥은 칼에 찔렸던 날을 떠올렸다. 다섯으로 분리된 손녀, 유난히 할아버지에게 애교를 떨며 애정을 갈구했던 한 아이. 할아버지는 나머지 아이들을 다 허물어진 외양간에 몰아넣고 동물 취급했다. 쉰 밥과 과일 껍질을 밥이랍시고 넣어주고 삭은 짚풀을 이불 삼게 했다. 우연히 그 광경을 목격한 이웃 주민이 경찰에 신고했고, 할아버지는 다른 신체들이 구급차에 실릴 때까지 가만있다가 예뻐 죽겠다는 손녀를 데려가려 하자 경찰에게 칼을 휘둘렀다.

언론은 사랑이 피의자의 눈을 가렸다고 이야기했다. 편애를 온당하고 아름다운 것처럼 포장했다. 사람들은 나머지 아이들이 불완전하고 제정신이 아니기에 미움받아 마땅하다고 뒷말을 나눴다.

아이들이 원해서 그렇게 된 것이 아님에도 불구하고 모르는 척했다. 사실은 알면서.

금옥은 벽 구석에 자리한 감시카메라를 향해 손짓했다. 깜박이던 불빛이 꺼졌다.

“지금까지 내가 벽 보고 말한 셈 치게 만들지 말고 그냥 말해요. 박현성이 지금 어디 있습니까.”

“먼저 제 질문에 대답해주세요. 제가 수감되면… 저희 현성이는 어떻게 되는 거죠? 다른 위탁가정에 들어가게 되나요? 보육원은 절대 안되는데… 그런 곳에 애를 어떻게 보내요, 불쌍하게.”

“그게 알고 싶으면 애가 어디 있는지 얘기를 하란 말이야!”

금옥이 책상을 내리치자 홍정은이 고개를 떨궜다. 입술의 딱지가 터졌는지 피 한방울이 턱으로 흘러내렸다.

"그냥 변호사를 선임하시든가! 내가 여기서 더 지랄하기 전에 말릴 사람은 있어야겠거든요? 근데 변호사 싫어, 얘기하기도 싫어, 진짜 뭐 어쩌라는 건지 모르겠네! 눈물 나는 모정이라도 계속 보여주시려고?"

"……."

"뉴질랜드 어쩌고 할 때부터 알아봤어! 평범한 부모는 분리병 걸린 신체를 데리고 해외로 튄다는 생각 자체를 안 해, 어떻게든 융합이 성공하기를 바란다고! 그래놓고 뭐, 온전한 모습? 사랑하는 모습? 지랄하고 자빠졌네. 현성이도 참 불쌍해요, 애비도 모자라서 엄마라고 자처하는 인간까지 이렇게 옹졸맞고 비겁해빠진 데다 자식새끼 살릴 생각은 조금도 없는 씨발년이라니, 걔 억울해서 어떡한대?"

"……."

"나 지금 홍정은 씨를 자기 힘들다고 자식새끼 죽인 천하의 씨발놈과 동급으로 보겠다고 말한 건데 억울하지도 않아? 정말 이러기야?"

"……."

"진짜 좆같아서 미치겠네! 인제 와서 묵비권을

행사하시겠다?"

"……."

"말하라고! 선처해주겠다고! 제발 어른 노릇 좀 해!"

바로 그때 누군가가 문을 두드렸다.

타이밍이 절묘했고, 충분히 의도적이었다.

금옥은 애써 마음을 가라앉혔다. 어쩔 수 없다, 숨을 돌릴 차례다. 더 흥분해서 좋을 게 없는 상황이다. 그래서 씩씩대며 복도로 나갔을 때만 해도 형사들의 쓴소리가 사방에서 날아들 줄 알았는데 분위기가 심상치 않았다. 강초원이 마구 일그러진 얼굴로 숨을 몰아쉬었다. 무릎까지 내려오는 패딩 점퍼를 입고 한 손에는 손전등을, 다른 손에는 무전기를 들고 있었다. 건너편 복도가 소란스러웠다.

"아이들이 사라졌어요."

금옥은 더 듣지 않고 숙직실을 향해 몸을 틀었다.

*

"너 대체 뭐 하는 씨발놈이야!"

금옥은 복도에 서 있던 순경을 벽에 밀어붙였다.

"진짜 뭐 하는 새끼냐고! 잘라주십쇼 아주 환장

났어? 한국 경찰 참 좋아졌다? 너 같은 멍청이도 합격을 시키고!"

숙직실은 문이고 창문이고 모두 활짝 열려 있었다. 창을 통해 안으로 들어온 눈이 창틀과 바닥에 쌓였다. 동장군의 입김이 바닥에서 올라오는 온기와 한창 씨름을 벌였다.

금옥이 주먹으로 벽을 내리쳤다. 순경의 어깨가 흠칫 튀어 올랐다.

"나가는 소리 들었지? 언제야?"

"…10분 전에 창문 여는 소리는 들었습니다."

"근데 문을 열어볼 생각을 안 해?"

"형사님이 얼굴도 들이밀지 말라 그러셔서…."

"그만하면 됐어요."

강초원이 황급히 금옥과 순경 사이를 가로막았다.

"책임은 나중에 묻자고요. 그쪽도 얼른 나가봐요, 여기서 이러지 말고."

순경은 죄송하다는 말만 남기고는 황급히 자리를 떴다. 금옥은 마저 벽을 내리친 뒤 숙직실로 들어갔다. 창문 밖으로 고개를 내밀어 아래를 보니, 1층 차양에 뭔가 떨어진 자국이 남아 있었다. 숙직실 안에는 담요에 얽힌 옷가지가 고스란히 놓여 있었지만 현관에 운동화는 보이지 않았다. 이 좆같이 추운 겨울밤에 알몸일지언정 맨발은 아니라는 뜻이었다.

“씨부럴. 진짜 한 번 꼬이면 계속 꼬인다더니 몇 번이야 이게.”

금옥은 손전등과 점퍼를 챙겨 황급히 경찰서 밖으로 향했다. 앞서 수색에 나선 경찰의 흔적이 높게 쌓인 눈 여기저기에 샛길처럼 뻗어 있었다. 금옥은 눈을 헤치며 이길산과 마주한 경찰서 뒤편으로 향했다. 숙직실 창문에서 새어 나온 불빛이 산으로 이어진 발자국을 하얗게 비췄다. 산에서 아이를 부르는 소리가 메아리처럼 내려왔다. 그들 딴에는 목소리를 높인다고 높였겠지만, 소리가 눈에 흡수되는 바람에 아기 옹알이만도 못했다.

“저는 바로 올라갈 건데 어떡하실래요?”

뒤따라온 강초원이 손전등 전원을 켰다.

“경사님까지 가실 필요 없어요. 몸 아직 불편하시잖아요. 경찰서에서 대기하시는 게 나을지도 몰라요.”

금옥은 닥치고 먼저 가라는 뜻으로 산을 향해

손을 내저었다. 강초원은 이내 눈 밟는 소리만 남기며 시커멓고 새하얀 수풀 너머로 사라져 버렸다. 강초원의 손전등 불빛이 희미해질 무렵, 금옥은 외벽에 등을 기댔다. 양 무릎을 손으로 짚고 신음을 흘렸다.

몸이 불편하기는 했다.

특히 이렇게 눈이 쏟아지는 영하의 날씨에 몸 상태가 괜찮을 리 만무했다. 삭신이 쑤시다 못해 온 관절이 비명을 질러댔다. 한기는 또 어찌나 피부를 찔러대는지 옷을 껴입었는데도 냉수마찰이 따로 없었다. 겨드랑이에 양손을 넣었지만 옷으로 스며든 미미한 체온은 손끝조차 덥히지 못했다.

마마보이 박현성 역시 마찬가지일 것이다.

신체 간 융합은 영화나 드라마에 나오는 것처럼 낭만적이지 않다. 아무런 굴곡이나 고통 없이, 평온하고 깔끔하게 그리고 부드럽고 편안하게 이루어지지 않는다. 뼈와 장기와 살과 근육과 피부와 신경과 사지와 눈코입귀가 녹았다가 제자리를 찾는 과정이 그리 수월할 리 없었다. 아마 지금의 박현성은 발조차 제대로 내딛지 못할 것이다. 내장부터 밀려드는 통증에 고꾸라졌을지도 모른다.

금옥은 겨드랑이에서 손을 빼 무릎에 대고 비볐다. 응합 중이라면, 설사 숲으로 들어갔다 해도 걷기 편한 길이 나오자마자 노선을 틀었으리라는 생각이 들었다. 주변을 둘러보니 10미터 남짓 떨어진 지점에 둘레길 표지판이 자리했다. 이길산은 말이 좋아 산이지, 동네 뒷산 축에도 못 낄 만큼 작고 완만한 산이었다. 금옥도 속이 부대낄 때마다 오르곤 했는데 걸어서 10분이면 정상이고 20분이면 산 반대편이다. 길마다 깔린 야자 매트 덕분에 비가 억수로 쏟아져도 미끄럽지 않았다.

강초원에게 먼저 연락해야 하지만 그보다 먼저 몸이 앞섰다. 금옥은 흐르는 콧물을 소매로 훔치며 둘레길 입구로 향했다. 한차례 제설 작업이 진행되었는지 야자 매트 위의 눈이 질척하게 녹아 있었다. 금옥은 손전등으로 시야를 확보하며 천천히 발을 옮겼다. 끊임없이 머리를 굴렸다.

생각해봐, 당신이 그만한 애라면, 열 세살짜리 어린애라면.

다시금 머릿속 남편이 조언했다. 언제나 그랬던

것처럼, 질책하는 듯하면서도 명료한 목소리로.

금옥은 경찰대에서 퇴학을 당하느니 마느니 하던 시절에 남편을 만났다. 당시 남편은 심리학 석사 학위를 준비했는데, 단체 미팅에서 만난 금옥을 연애 대상이 아닌 연구 대상으로 보면서 첫눈에 반했다고 한다. 남편은 매사에 지랄 맞고 자제하지 못하는 금옥의 심리상태를 연구하고 싶다며 자신의 속마음을 밝혔고, 금옥의 가족사까지 알게 된 뒤에는 아예 금옥으로 논문을 쓰고 싶다며 허락을 구했다. 남편의 지나치게 솔직한 태도에 금옥은 이상하게 호감이 갔다. 이것저것 캐물어도 기분이 썩 나쁘지 않았다. 남편이 석사에 이어 박사 학위까지 취득한 뒤 금옥이 먼저 교제를 제안했고 두 사람은 1년간 남들 다 하는 것처럼 평범하게 연애하다가 평범하게 결혼식을 올렸다. 20년도 더 된 옛날의 일이었다.

남편의 잔소리 섞인 조언은 금옥의 경찰 업무에 큰 도움이 되어왔다. 그러니까 당신이 만년 경사인 거야, 명색이 경찰이 되어서 말이야, 상대의 입장에서 생각해보란 말이야.

그렇다면 박현성은 지금 어떤 상태일까.

신체 간 융합의 힘든 점은 육체적 통증만이 아니었다. 각 신체의 경험과 기억, 특성도 한데 뒤섞이기에 환자의 대다수가 융합 과정에서 극심한 스트레스를 받는다. 네가 너일 수 없고 내가 나일 수 없는데도 결국에는 우리가 우리여야만 하는 끔찍한 시간을 거친 뒤에야 환자의 몸과 마음은 비로소 하나의 단일한 개체로 융합된다. 전문가들은 이를 통틀어 '특성과 자아의 완전한 합일화'라고 말하지만, 금옥이 듣기에는 개소리였다. 직접 경험해보지 못한 샌님이 꺼낼 만한 말이었다.

조각난 케이크를 다시 합쳐봤자 온전한 케이크 한 판으로 돌아오지 않는다. 절단면을 숨기고 다시 덧발라도 소용없다. 결국은 티가 나고 만다.

한참 길을 올라가다 나무뿌리에 발이 걸려 바닥에 고꾸라졌다. 그대로 얼굴부터 처박혔지만, 얕게 쌓인 눈 덕에 뺨만 긁히고 말았다. 금옥은 끙끙대며 몸을 일으켰다. 현성을 찾는 사람들의 목소리가 점차 커지고 있었다. 금옥은 바지가 젖는 것도 감수하고 야자 매트 위에 엉덩이를 붙이고 앉았다. 가쁜 숨을 고르며 끊임없이 생각했다. 분리의 특성상, 옷을 입은 신체가 핵심 신체일 가능성이 크다.

엄마를 맹목적으로 사랑하는 박현성III에게 경찰에 체포된 엄마와 죽어가는 신체, 공포와 우울, 무력감을 한데 더해 섞어보자. 머릿속 남편이 금옥에게 말했다.

당신이 현성이라면 어떻게 하겠어.

“도망치겠지.”

금옥은 뺨에 붙은 낙엽을 떼어내며 중얼거렸다.

“중학교도 안 들어간 애새끼가 이런 상황에서 뭐 어쩌겠어. 떼를 써도 경찰은 말을 안 들어주지, 엄마를 만날 수 있는 것도 아니고, 근데 또 엄마랑 한 약속은 죽어도 지켜야 한대요. 방법이 없잖어. 주변 어른들이 맨날 제대로 책임지지 않고 도망부터 치고 보니 애도 배운 대로 행동을 하는 거지.”

남편이 다시 물었다.

그러면 당신이 박현성이라면 어디로 도망칠까.

“나라면….”

금옥은 줄 난간을 붙들고 몸을 일으켰다. 엉덩이에 들러붙은 눈을 탈탈 털어냈다.

“산에 들어가는 척하고 큰길로 나갔을 거야. 근데

걔 지금 알몸이잖아. 그 나잇대 애라면 알몸으로 도로로 나가느니 차라리 절벽에서 뛰어내릴걸."

금옥은 킬킬거리며 웃다가 이내 입을 다물었다. 박현성의 가족관계를 살펴보며 지지리 운도 없다고 말했던 게 불과 며칠 전 일이었다.

당신이 박현성이라면 어떻게 도망칠까.

그리고 그 나잇대 아이는 배운 대로 행동하지.

"아, 씨발…."

금옥은 급히 핸드폰을 꺼냈지만 강초원도 이 경감도 통화 중이라는 안내음만 들려왔다. 마마보이 박현성의 도주 사실까지 더해지며 둘 다 어지간히 정신이 없는 모양이었다. 금옥은 더 전화하기를 포기하고 다리에 힘을 줬다.

뛰어내리기 좋은 곳.

이길산은 워낙 낮은 산이라 정상이랄 곳도 없었지만, 대신 전망대가 하나 있다. 나무 데크 아래로 강아시의 시내가 한눈에 펼쳐지는 곳이었다. 지금껏 다른 사람에게 잡히지 않은 것으로 보아 박현성 III의 시각 기능은 정상치로 돌아왔을 테고, 전망대를 알리는 팻말은 다른 표지판보다 크기가 서너 배 컸다. 박현성III가 팻말을 봤다고 전제하는 것이 나았다.

금옥은 전망대로 방향을 잡은 뒤 계속 위로, 위로, 더 위로 올라갔다. 허벅지에 열이 올랐다. 더운 숨이 턱끝까지 차올랐다. 몇 분이나 헉헉대며 걸어 올라갔을까, 마침내 오르막길이 끝났다. 한동안 평평한 길이 이어지더니 이제는 수색대의 목소리가 귀에 확실히 박혔다. 너 나 할 것 없이 현성을 부르짖는 그들에게 남은 일을 맡기고 싶은 마음이 굴뚝 같았지만 역시나 몸이 지멋대로 움직였다. 발밑을 푹신하게 받쳐주던 야자 매트가 사라졌다. 눈 아래 파묻힌 시멘트 바닥의 단단함이 신발 밑창을 통해 전해졌다. 발자국 찍힌 공터에 가로등 불빛이 크고 환한 점을 남겼다. 눈꽃으로 갈아입은 떡갈나무와 가림막이 설치된 벤치 너머로 전망대의 나무 난간이 보였다. 금옥은 천천히 주변을 둘러보았다. 몇 발짝 더 움직이자 어둠에 묻힌 살덩어리가 눈에 들어왔다.

박현성III가 전망대 난간에 걸터앉아 있었다.

앉은 위치가 절묘했다. 난간 끄트머리였고. 바로

옆에 자리한 관목과 벤치 가림막 때문에 그림자가 져서 신경 쓰지 않으면 눈에 띄지 않을 곳이었다. 금옥은 손전등의 불빛을 최대한 낮췄다. 한층 가볍고 희미해진 광량으로 박현성III의 주변을 비췄다.

보기 좋은 모습은 못되었다. 머리통은 찰흙 놀이를 하다 실수한 것처럼 찌그러졌고 눈이 네 개에 콧구멍은 여섯, 귀가 세 개였다. 길게 찢어진 입이 끊임없이 오물거리고 추위에 얼어버린 몸뚱이에는 네 개의 팔이 무성의하게 붙어 있었는데 제대로 움직이는 팔은 한 개뿐이었다. 나머지 두 개는 아주 느리게 몸에 흡수되는 중이었고 남은 하나는 축 늘어진 채 미동조차 없었다. 다리는 깡마른 종아리 한 쌍만 보였다.

"현성아."

금옥의 부름에 박현성III가 고개를 돌렸다. 과연 저게 자기 이름에 반응한 걸까, 아니면 반사적인 생체반응에 지나지 않을까. 금옥이 다시 입을 열었다.

"현성아. 아줌마 말 들리니?"

박현성III는 시선을 멀리한 채 고개를 끄덕였다.

"네. 들려요."

성대와 치아가 덜 여물었는지 다섯 살 어린애보다도 새되고 어물거리는 목소리였다. 금옥은 아이를 향해 아주 천천히 다가갔다.

"천둥벌거숭이가 따로 없네. 아줌마가 널 얼마나 찾았는지 알아? 거기선 또 뭐 하고 있는 거야, 위험하게."

"그냥 아래를 내려다보고 있었어요. 근데 눈이 너무 내려서 잘 안 보여요."

전망대 너머는 눈보라에 가려 건물 형체조차 알아보기 힘들었다. 멀찍이 떨어진 호수공원의 불빛만 어른거렸다.

"날 맑으면 훤히 보여. 아무튼, 더 난리 나기 전에 아줌마랑 같이 가자. 너 그러다 변태 새끼라고 신고 들어와, 임마."

웃자고 꺼낸 말이었지만 박현성III는 웃지 않았다. 네 개의 눈을 데굴데굴 굴리며 금옥의 눈치만 살폈다.

"아까 아줌마가 그랬잖아요. 제대로 대답 안하면 엄마랑 평생 못 만난다고."

"그래."

"그거 정말이예요? 평생 엄마를 못 봐요?"

"거짓말해줄까, 아니면 솔직하게 말해줄까."

"솔직하게요."

금옥은 아이의 눈을 빤히 보다가 한숨을 내쉬었다.

"네 엄마는 감옥에 들어갈 거야. 형이 미뤄지고 그런 거 없이 그냥 교도소행이야. 빠져나갈 구석이 조금도 없어. 네가 죽을 때까지 못 만나는 건 물론이고 밖에 나와서도 좋은 꼴은 보기 힘들어. 하지만 내가 너라면 엄마가 아니라 본인 걱정부터 할 거다."

"왜요? 내 걱정을 왜 해야 하는데요?"

"그걸 정말 몰라서 물어?"

"정말 몰라요. 엄마 말고 다른 건 신경쓰고 싶지 않다고요."

문득 짜증이 치밀어올랐다. 저래 봬도 내년이면 중학생이다. 상황이 어떻게 돌아가는지 아예 모를 정도로 어리지 않은데 박현성III는 젖도 못뗀 애새끼처럼 굴고 있었다. 엄마 치마폭을 벗어나지 못하는 건 병 때문이라 쳐도 이건 너무하지, 정말 너무하다. 무릎 관절에서 퍼지는 통증도 금옥의 짜증에 한몫했다. 의젓한 어른노릇 같은 건 개나 던져주래지.

"왜 스스로를 걱정해야 하느냐고? 좋아, 아줌마가 친절히 설명을 해줄게. 그건 네 인생이 망했기 때문이야. 이대로 입 다물고 난 아무것도 말 못해요, 아무것도 몰라요, 엄마 사랑해요, 이러고 있으면 네 인생은 그대로 쫑나는 거야. 절벽에서 떨어지든 경찰서로 돌아가든 좆되기는 마찬가지라고."

박현성III는 당황한 얼굴로 아랫입술을 깨물었다. 피 한 방울 섞이지 않았는데도 난처할 때 입술을 깨무는 버릇은 홍정은과 똑같았다. 금옥은 머리를 박박 긁었다. 한 발짝 더 앞으로 나갔다.

"머리가 있으면 생각을 해봐라, 좀! 너 혼자 살아남는대도 서른이 되기도 전에 꽥이야. 평생을 지금처럼 조각나고 부서진 채로 엄마타령이나 하다가 죽겠지. 그게 바로 너야, 천사처럼 착한 박현성? 너무 장해서 칭찬이라도 해주고 싶은 박현성? 엄마 젖꼭지나 쭉쭉 빠는 애새끼가 개뿔 그럴 리가 있나. 네 신체가 엄마한테 얻어터졌을 때 무슨 생각했는지 내가 맞춰볼까?"

"그만해요!"

아직 융합이 덜 된 박현성III의 팔이 공중을 허

우적거렸다.

“가족을 사랑하는 건 당연한 거잖아요, 그런데 왜 그렇게 못되게 말을 하는 거예요!”

“엄마한테 후려맞은 꼴이었으니 존나 아팠겠지, 무섭고 제발 그만뒀으면 좋겠다고 생각했겠지. 하지만 내가 장담컨데, 너, 신체에게 미안하다거나 슬프다고는 생각하지 않았을 거다. 공감능력이나 동정심 같은 건 이미 몇 달 전에 불쌍한 네 신체가 모두 끌어안고 죽었으니까. 넌 가족을 사랑하는 것말고는 무엇도 없게 되어버린거야. 그래도 다행인 건 앞으로 사는 게 아주 좆같을 지언정 아주 망하지는 않을 수도 있거든. 네 선택에 따라서 말이다.”

몇 걸음만 더 가면 팔을 붙들 수 있을 것 같은데 박현성III는 오히려 움츠리며 몸을 뒤로 뺐다. 손전등으로 자세히 비춰본 피부가 이제는 푸르다 못해 창백했다. 알몸으로 30분 가까이 눈을 맞았으니 당연한 일이었다. 걱정과 우려하는 마음 대신 분노가 일었다. 이렇게 개고생을 했는데도 박현성III가 추위 때문에 나가떨어지는 바람에 매장지를 알아내지 못하면 죽어도 분이 풀릴 것 같지 않았다.

"나는 지금 네게 기회를 주는 거야. 이 망할 짓거리 대신 다른 선택지가 있다고 알려주는 거라고. 나랑 같이 내려가서, 현성이가 어디 있는지 알려주면, 그래서 너네 둘이나마 융합되면 삶이 존나 힘들어도 그럭저럭 제정신인 것처럼 살 수 있을지도 몰라. 하지만 네가 싫다면야 나도 더는 못 도와줘."

다시 한 발짝. 금옥은 점퍼를 벗었다. 그대로 박현성을 덮어 맨바닥으로 끌어낼 작정이었는데 울음 섞인 목소리가 금옥의 발목을 잡았다.

"그치만 이것 말고 다른 건 생각나지도 않는데 어쩌란 말이에요."

"넌 이제 고작해 봤자 열세 살이잖아! 더 살아보지도 않았으면서 함부로 포기하지 마."

"엄마가 평생 제 옆에 없을 거라면서요. 내 인생이 망할 거라고 그랬잖아요. 그래놓고 나 혼자서 어떻게 살라고요."

"엄마가 아니야."

금옥은 숨을 몰아쉬었다.

"자기 꼴리는 대로 널 애완동물처럼 취급한 인간을 엄마라고 부르면 안 되지. 그리고 네 주변 어른들이 모두 개차반이었다고 해서 너까지 그런 비겁한 겁쟁이가 되면 안 돼.”

박현성III는 눈알 세 개 반으로 눈물을 흘렸다. 일그러진 얼굴에 열이 올랐다.

“그만 하라고요. 나라고 좋아서 엄마를 못 놓는 게 아니란 말에요.”

박현성III가 흐느끼며 고개를 가로저었다. 몸은 이미 난간 밖으로 반절 이상 넘어갔다. 툭 밀치기만 해도 낭떠러지로 떨어질 게 분명했다.

“날 사랑한다고 했어요. 어디든 함께할 거라고, 절대로 날 버리지 않을 거라고 했단 말이에요. 아무도 내게 그렇게 말하지 않았는데 오직 엄마만 그렇게 말해줬어요. 거짓말이래도 상관없어요. 그러니까 아줌마가 아무리 뭐라 해도, 정말 엄마가 나쁜 사람이었대도, 내 엄마예요. 근데, 근데….”

박현성III는 한참 동안 헐떡이다 시선을 난간 너머로 던졌다. 금옥도 덩달아 시선을 옮겼다. 짙게 드리워진 먹구름과 그보다 더 짙은 밀도의 눈보라 말고는 아무것도 보이지 않았다.

그렇다면 박현성은 무엇을 보는 것일까.

홍정은?

도시의 끝자락?

아주 망해버린 자신의 미래?

금옥은 눈을 깜박이며 다시 보았다. 흐릿하고 거뭇한 형체가 보이는 것도 같았다. 이내 그 형체가 둥글고 완만하다는 사실을 깨달았다. 산이었다.

박현성은 산을 보고 있는 걸까.

혹은 숲이라든가.

흙과 눈에 뒤덮인 방수포라든가.

"…근데 왜 이렇게 엄마가 무서운지 나도 모르겠어. 너무 보고 싶은데 또 나를 때릴까 봐 그게 너무 무서워. 현성아, 우리 진짜 못써먹게 망가져버렸나봐. 우리 그냥 같이 가자. 같이 아빠랑 현서 보러 가자."

오, 옘병천병우라질맙소사. 마지막 말을 듣자마자 금옥의 몸이 용수철처럼 튀어나갔다. 난간을 향해 몸을 던졌고, 낭떠러지를 향해 기울어지는 박현성III의 머리채를 붙잡아 반대편으로 밀었다. 어린 몸뚱이가 외마디 비명과 함께 반대편 눈밭 위로 쓰러졌다.

안도의 시간은 길지 않았다. 박현성III를 밀어버린 반동으로 난간에 옆구리를 걸친 채 중심을 잃고 만 것이었다. 하필 흉터 부위가 눌리는 바람에 죽을 듯이 아팠는데, 통증보다도 몸이 거꾸로 뒤집히는 감각에 눈앞이 아득해졌다.

뒤늦게 이 경감한테 다시 전화해야 했다는 생각이 들었다. 아니면 남편이라도.

모든 생각은 땅 위로 솟아오른 나무뿌리에 등부터 떨어지면서 안개처럼 사방으로 흩어지고 날아가 버렸다.

주마등을 닮은 언젠가의 풍경이 금옥의 머릿속에 드리워졌다.

모두 곤히 잠든 새벽.

방으로 들어오는 낯익은 얼굴.

입을 막는 뜨거운 손. 통증. 끝내 나오지 못한 비명.

그런 밤이 몇 번 더 이어진 뒤에 어느 날 어느 때에 백금옥은 오장육부가 뒤틀리고 살점을 잘라내는 통증에 정신을 잃고 말았다. 가까스로 눈을 뜨니 일곱 겹의 시선이 서로를 바라보고 있었다.

신체 중에 두 번째라는 뜻으로 '금이'라 이름 지

은 신체는 제일로 겁이 많은 아이였다. 매사에 눈물을 흘렸고 누가 손이라도 들라치면 덜덜 떨며 경기를 일으켰다. 정신병원에서 돌아온 뒤에도 불안에 떨던 금이는 숙부를 마주하자 그 망할 영화에서 망할 고발 따위로 각색한 그 짓을 저질렀다. 겁먹은 채 숙부를 칼로 찔렀고 겁먹은 채 아파트 베란다에서 몸을 던졌다. 여섯 신체는 그 광경을 모두 보고 듣고 느꼈다. 금이의 눈을 통해 서서히 가까워지는 아파트 화단을 보았고, 금이의 귀와 피부를 통해 몸을 스치는 바람 소리를 들었다. 금이의 몸이 화단에 처박힐 때 그들도 각자 뼈가 부러지고 뇌가 흔들리는 고통에 비명을 질렀다. 고무줄처럼 팽팽하게 당겨진 무언가가 강제로 끊어지면서 공포와 걱정하는 마음이, 우려가, 빠르게 증발해버렸다. 자취를 감추었다.

시간이 흘러 융합에 성공한 뒤에도 무섭고 염려되는 마음은 끝내 돌아오지 않았다. 금이가 그렇게 가버린 것처럼 어떤 감정은 그대로 휘발되어 사라졌다.

하지만 치가 떨리게 분하고 눈물 나는 마음은

남았기에 금옥은 경찰이 되었다.

애새끼 하나 살리자고 절벽에서 몸을 던질 생각은 추호도 없었지만.

“옘병, 눈을 뜨니 눈이 그쳤네.”

금옥은 두껍게 쌓인 눈에 등부터 처박힌 모양새로 되지도 않는 농담을 지껄였다. 눈꽃이 가득 피어난 나뭇가지 사이로 밤하늘이 훤히 보였다. 먹구름은 여전하지만, 눈앞을 환히 가리던 눈발은 어느새 그치고 없었다. 양손을 쥐었다가 펼쳐보았다. 고개를 좌우로 돌리고 발도 까딱까딱 움직여보았다. 등부터 부딪혔을 때만 해도 반신불수를 각오했는데 다행히 그 정도는 아닌 모양이었다.

상체를 일으켜 주변을 살피니, 시선을 멀리 둘 필요도 없이 전망대의 난간이 곧바로 눈에 들어왔다. 어림잡아 1.5미터 정도 떨어졌지 싶다. 눈이 충격을 덜어줬지만 설사 마른 땅이래도 크게 다칠 곳은 못 되었다. 설악산이나 북한산도 아니고, 마음먹고 뛰어내린다 해도 팔다리 하나 부러지고 말 수준의 비탈길이었다. 절벽이라 말하기도 민망한 수준이었다.

허탈한 마음에 웃음부터 나오는데 난간 너머로 박현성III의 얼굴이 불쑥 튀어나왔다. 눈이 두 개, 귀도 두 개, 코는 하나, 입도 하나. 팔은 세 개지만 다른 하나가 흔적기관 수준으로 줄어들었으니 곧 완전히 융합에 이르게 될 것이다. 한층 말끔해진 박현성III의 얼굴에는 짙은 두려움이 배어 있었다.

"이럴 때만 되는 일이 없지."

주머니를 샅샅이 뒤졌지만 핸드폰은 어디에서도 나오지 않았다. 난간 아래로 떨어지며 어딘가 굴러 떨어진 모양이었다. 당장 전망대로 돌아가야 하지만, 손가락 하나 까딱할 기력도 남지 않았다. 그새 난간 너머는 휑하니 비어버렸다. 박현성III가 기어코 도망친 것이다.

수색대가 산 곳곳에 깔렸으니 머지않아 잡히겠지만 예감이 좋지 않았다. 추운 몸을 녹이고 다시 박현성III를 어르고 달래기엔 남은 시간이 너무나 촉박했다. 금옥은 치가 떨렸다. 악에 받친 신음을 흘렸다.

똑똑이 박현성을 살리기는 글러먹은 것 같다.

금옥은 박현성I이 여태 기절해 있기를 바랐다.

자신의 신체가 얼마나 비겁해 빠졌는지 알고 죽는 것보다야, 그냥 아무것도 모르고 잠들 듯 가는 게 훨씬 낫지 않겠는가. 이 개고생의 종착지가 이 모양이 꼴인 줄 알았다면 애초에 강초원의 전화를 받지도 않았을 텐데.

한번 북받친 울분은 금세 가라앉지 않았다. 짜증이 나서 눈물이 주룩주룩 흘러내렸다. 되는대로 욕을 싸지르고 있으려니 갑자기 눈앞에 번쩍 섬광이 일었다. 난간 방향에서 익숙한 목소리가 들려왔다.

"경사님! 괜찮으세요?"

강초원이 나무를 붙잡으며 난간 아래로 전망대 아래로 내려오고 있었다. 더 누워 있기도 무안해 금옥은 안간힘을 써서 몸을 일으켰다. 강초원의 부축을 받으며 전망대 위로 올라가니 뜻밖의 광경이 펼쳐졌다. 그렇게나 애를 먹이던 애새끼가 경찰에게 에워싸인 채 담요를 여러 장 걸친 모양새로 서 있었던 것이다.

금옥의 상태를 살피던 강초원이 속삭였다.

"저 애가 우리를 직접 찾아왔어요. 경사님이 전망

대에서 떨어졌다고요."

내내 바닥을 내려다보던 박현성III가 고개를 들었다. 추위와 눈물로 시뻘겋게 얼어버린 두 뺨을 보며 금옥은 묻지 않을 수 없었다.

"왜?"

기브 앤 테이크, 같은 말을 기대했을는지도 모른다. 아줌마가 내 목숨을 살려줬으니까 나도 빚을 갚는다는 의미에서 내지는, 내가 그쪽 목숨을 구했으니 이제부터 나를 도와줘라 같은, 동정심과 연민 따위는 개나 내준 사람답게 굴 것이라 생각했을지도 모르겠다.

박현성III은 황망한 얼굴로 금옥을 바라보았다.

"현성이가 깼어요."

주변의 경찰들이 숨을 죽였다. 금옥은 조용히 다음 말을 기다렸다.

"아까 아줌마가 절 바닥에 밀어뜨렸잖아요⋯ 그때 머리부터 넘어져서 엄청 아팠거든요⋯ 근데 그것 때문에 현성이가 깼나 봐요⋯ 계속 살려달라고 울고 그래요. 여기 너무 춥고 아프다고, 엄마아빠 보고 싶다고 막 그래요⋯ 이게 제가 헛것을 보는 건지 아니면 현성이가 정말 아파서 그런 건지 모르겠는데… 저도 너무 아프고 추워요… 계속 눈물만 나요, 무서워요."

신체가 정신을 차리면서 뭉개졌던 감각이 되살아났다고 금옥은 추측했다. 중첩된 통증과 추위 속에서 박현성III는 사시나무처럼 덜덜 떨었다.

금옥은 뱃속에서부터 숨을 끌어모았다. 아주 길게 한숨을 내쉬었다.

"헛것이 아니야, 아직 살아 있어. 똑똑이 박현성이, 아줌마 목소리 들리지? 괜찮아, 경찰 형아 누나들이 널 열심히 찾고 있어."

"모르겠어요. 걔한테 아줌마 말이 제대로 들릴 것 같지 않아요. 점점… 희미해진단 말이에요. 죽었나 봐요, 어떡해요?"

신체의 죽음은 결코 헷갈릴 수가 없지, 우리는 그렇게 태어났으니까. 금옥은 그렇게 말하려다 입을 다물었다. 눈앞의 아이를 바라보았다. 여러 사람과 사건에 채이고 휩쓸려 흉터만 남은 두 눈을 보았다.

고작 13살짜리에게 어울리지 않는 눈이었다.

"…엄마가 저에게 실망할 거예요. 왜 약속도 어기고 그러냐고 저한테 화를 낼지도 몰라요. 근데 현성이 목소리가 자꾸 들려요… 걔 울고 있다고요, 아까부터 계속… 울고만 있어요. 어떻게 좀 해주세요, 제발… 제발 저 좀 도와주세요."

이래서 사춘기가 한창인 애새끼는 상대하기 껄끄러웠다. 변덕스럽고 까탈스럽다. 지금도 보라지, 조금 전까지만 해도 엄마나 찾던 놈이 신체의 살려달라는 말에 덜덜 떨고 있다. 자신의 조각이 보내는 구조신호를 끝내 무시하지 못하고 결국은 먼저 경찰을 찾고 말았다. 남들이 봤으면 웃지도 못했겠지만 금옥은 남들과 다르니 대놓고 웃음을 흘렸다.

앞서 늘어놓은 장광설과 달리, 금옥은 박현성의 미래가 망해도 아주 망해버릴 것이라 생각했다. 조각나고 부서지고 무언가를 영영 잃어버리고, 그렇게 잃어버린 조각을 평생 그리워하며 망하면 망한 대로 살게 될 거라 생각했다. 자신처럼, 백금옥처럼, 신체를 잃고 잃은 여느 다중신체 증후군 환자들과 마찬가지일 것이라고 생각했다.

사실은 아니었을지도 모르겠다.

금옥이 생각하는 것보다는 더 그럭저럭 살만했을지도.

가능성이라 불러야 할지, 전문가들 말마따나 청소년의 회복탄력성이다 뭐다 하는 어려운 용어로 불러야 할지는 모르겠지만, 어쨌든 이제 와 금옥은 단 한 가지 사실만은 잘 알았다.

"너 말이다, 아주 염치를 모르는 사람으로 자라지는 않겠구나."

먹구름은 여전했지만, 눈이 그치고 바람도 잠잠해졌다. 금옥은 박현성III에게 점퍼를 입히고 지퍼를 목 끝까지 올렸다.

✶

금옥은 아침 해가 훌쩍 떠오른 뒤에야 집에 돌아왔다. 현관 앞에서 신발도 벗지 못하고 바닥에 널브러졌다. 기절하다시피 잠들었다.

저녁이 가까워서야 금옥은 눈을 떴다. 침대 안이었고, 남편이 그새 옷을 벗겼는지 알몸이나 다름없는 상태였다. 전기장판 덕분에 몸이 후끈후끈했다. 등허리에 이물감이 느껴져 만져보니 홧홧한 파스냄새가 널리 퍼졌다. 이 역시 남편의 짓이 틀림없었다. 끙끙대며 거실로 나가니 남편이 이른 저녁상을 차리고 있었다. 밥상에는 금옥이 어제 직접 차렸던 제수 음식이 그대로 올라와 있었다. 금옥은 양푼에 나물 서너 가지와 탕국을 넣어 비벼 먹었다. 거의 하루 만에 먹는 제삿밥은 무척 맛이 좋았다. 금옥은 숨도 쉬지 않고 양푼을 비웠다.

"일은 잘 풀렸어?"

"어."

금옥은 양푼에 맨밥을 더하며 말했다.

"그럭저럭 끝났어."

박현성III의 증언을 토대로 수색지를 좁혀나간 수사팀은 30분도 지나지 않아 문제의 공사현장을 찾아냈다. 현장에 직접 나갔던 강초원의 말에 따르면, 눈이 워낙 두껍게 쌓였던지라 현장에 도착한 뒤에도 매장지를 찾는 데 시간이 꽤나 걸렸다고 한다. 똑똑이 박현성은 그렇게 눈덮인 시트 아래서 발견되었다. 체온이 33도까지 떨어지고 귀와 손발에 동상이 생기긴 했지만 어쨌든 살아 있었다. 경찰을 마주하자 울음을 터뜨릴 기력과 자신을 버리려 한 신체에게 욕을 할 정도의 호기도 남아 있었다.

마마보이 박현성으로 말하자면, 상태가 썩 괜찮았다. 똑똑이가 구조된 뒤로는 공황도 한결 꺾여서 자판기에서 자기가 원하는 음료를 직접 고를 수준으로 안정되었다. 그래도 병원행은 피할 수 없었다. 금옥은 경찰서에서 아이와 함께 구급차를 기다리다가 한 가지 제안을 꺼냈다.

"지금이라면 네 위탁모 얼굴을 잠깐이라도 볼 수 있어."

일순간 박현성III의 눈이 반짝 빛났다. 아직 동이 트기 전인데도 따스한 햇살이 내려앉은 것처럼 아이의 얼굴이 환하게 빛났다. 화사한 미소가 떠오른 것도 잠시, 박현성III은 시선을 멀리 두고 조용히 웅얼거렸다. 이내 고개를 저었다.

"현성이가 싫대요. 끔찍하대요. 만일 엄마랑 만나면 두 번 다시 내 얼굴도 보지 않을 거래요. 그런데 사실은요… 저도 현성이랑 똑같은 마음이에요. 텔레파시도 아닌데 마음이 읽혔나봐요."

"지금 아니면 더는 만나기 힘들텐데, 정말 괜찮겠어?"

"괜찮지 않아요. 속상해요. 사실은 엄마가 너무 보고 싶어요."

박현성III는 손등으로 눈가를 거칠게 훔치고는 고개를 들었다.

"그치만 어제 같은 무서운 엄마는 싫어요. 나중에 더 크고 나서, 그래서 엄마가 더는 무섭지 않게 되면 만나러 가겠지만, 지금은 아니에요. 날 사랑한다고 말하는 온전한 모습으로만 기억할래요. 그래도 괜찮겠죠? 엄마도 저를 이해해주시겠죠?"

금옥은 대답 대신 박현성을 가볍게 끌어안았다. 온 힘을 다해 위로를 흉내냈다.

"경감 말이 사흘 뒤에 보잔다, 고생했다고."

남편이 배를 깎으며 말했다.

"지랄하고 있네, 애 구한답시고 뒤질 뻔한 사람한테 꼴랑 사흘?"

금옥도 남편의 말에 동의하며 쟁반 위의 배 조각을 포크로 찍었다.

"내 말이. 지랄하고 앉아 있지. 시부럴 놈의 병가를 또 내든가 말든가 해야지."

배는 입안에서 사각사각 부드럽게 씹혔다. 무척 달고 즙이 많아 신체들에게 맛보여주고 싶을 정도였다. 자신의 몸 안에 그들이 고스란히 녹아 있다는 사실을 알면서도 그랬다. 이 좋은 걸 못 먹는 금이가 생각났고, 그러자 내년에도 해외여행은 물 건너갔다는 사실을 인정하지 않을 수 없었다. 내년에도 이 쌍년의 제사를 지내겠구나. 배 놓고 대추 놓고, 밥을 하고 탕국을 끓이고. 전을 부치고 나물을 무치고. 그런 막연한 예감이 들었다.

남편에게 털어놓으니 의외의 대답이 돌아왔다.

"여행 좋네. 처제도 당신 닮아서 따뜻한 나라를 좋아할 거야."

화단 바닥에 널브러진 망가진 사지가 흩어지고 뉴질랜드의 따사로운 햇살을 맞는 금이의 모습이 덧씌워졌다. 코가 시큰하고 눈에 열이 오른 것도 같았지만 착각이었다. 눈가를 쓸어내니 눈곱만 한가득이었다. 금옥은 남은 배를 남김없이 먹어치웠다.

"지방 쓰는 방법이나 가르쳐줘."

금옥은 남편의 지도에 따라 붓펜을 들었다. 亡弟孺人白金怡神位를 종이에 세로로 써넣었다. 글씨는 빈말도 나오지 않을 정도로 엉망진창이었다. 일자로 반듯하기는커녕 지렁이처럼 춤을 췄고 어느 곳은 먹이 번지고 어느 곳은 먹이 아예 없어서 상형 문자라 해도 과언이 아니었다.

그래도 금옥은 상관하지 않았다.

40년 가까이 겁 없이 살아온 사람답게 금옥은 글씨가 형편없게 보이는 것 따위는 전혀 두렵지 않았다.

에필로그

정은은 오후 6시에 그 연락을 받았다. 형광등이 노란 장판에 엎어진 밥과 반찬을 비추던 바로 그 시각에 교도관이 수감실을 찾아왔다.

문을 두드리는 소리가 요란했지만 정은은 교도관이 오기 전부터 바짝 긴장한 상태였다. 같은 방에서 함께 생활하는 수감자 둘이 서로 주먹다짐을 벌였다. 종종 쌍둥이로 오해받는 분리병 환자였다. 가출팸 출신이었고, 시비를 건 노숙인을 둘이서 발로 차고 주먹으로 쳐서 죽였다고 했다. 그들은 억울하다고 말했다. 보통 분리병 환자는 치료감호소로 간다며 능력 없는 국선변호사를 탓하고 욕했다. 그들은 수감실에서도 툭하면 서로에게 화를 냈다. 빰을 때리고 정강이를 찍고 맨살을 꼬집고 머리칼을 붙들었다.

시끄럽고 무서웠다. 두 사람이 말다툼을 벌일 징조만 보여도 심장이 두근거려 견디기 힘들었다. 정은은 수차례 방을 바꿔달라고 요청했지만, 교도소는 들어주지 않았다. 소장은 정은의 죄목을 잘 알았다. 교도관은 물론 수감자 대다수, 심지어 같은 방의 두 신체도 마찬가지였다. 그들은 정은을 대놓고 따돌리지는 않았지만, 은근한 시선이 느껴지곤 했다. 마치 길바닥에 버려진 오물을 내다보는 것 같은, 그런 불쾌하고 고약한 시선이.

그런 와중에 교도관이 찾아온 것이었다.

교도관은 신체들의 다툼을 제지한 뒤 정은에게 용건을 꺼냈다. 면회가 들어왔다고 했다. 면회일은 다음 주 금요일 오전이었다. 신청인의 이름을 듣자마자 평온이 찾아왔다. 바닥에서 풍기는 반찬 냄새도, 김칫국의 시큼한 냄새도 더는 거슬리지 않았다. 정은은 기꺼운 마음으로 방을 정리한 뒤 개인 소지품을 넣어두는 상자를 꺼냈다. 그 안에 든 편지를 바닥에 차례차례 늘어놓았다.

총 56개.

모두 아들에게 쓴 것이었다.

이곳에 온 뒤로 누구도, 아들의 근황을 말해주지 않았다.

언젠가 여동생에게 물어본 적이 있다.

얘는 잘 지내니? 지금 몇 살이더라? 집에 사진이 남아 있을 텐데 가져다주면 안 돼? 혹시 애들, 융합했어?

아크릴 벽 너머로 여동생은 제발 정신 좀 차리라며 화를 냈다. 면회 시간이 끝나지도 않아 자리에서 일어났고, 두 번 다시 정은을 만나러 오지 않았다. 변호사 역시 대답을 피했다.

홍정은 씨, 두 신체에 대한 아동학대를 인정했기 때문에 이 형량이 나온 겁니다. 형이 끝날 때까지 제발 자중하세요.

그들의 날이 선 태도를 머리는 받아들였지만, 가슴은 언제나 외로움에 사무쳤다. 단지 아들이 그리웠을 뿐인데, 그들은 그리움마저 용납할 수 없었나.

그럴 때마다 편지를 썼다. 정은의 일상과 안부를 적어 내렸다. 주기적으로 변호사에게 편지를 부탁했지만 언제나 거절당했다. 주소조차 쓰지 못한 편지가 상자 안에 차곡차곡 쌓여갔다.

이제는 줄 수 있다.

56개 모두.

면회일이 다가올수록 정은은 거울을 자주 들여다보았다. 몇 년 사이 정은의 얼굴은 너무 늙고 주름져 50대라고 해도 믿어질 수준이 되었다. 그게 무척 신경 쓰였다. 아들에게 좋은 모습만 보이고 싶었다. 나이 들고 지치고 피곤한 모습이 아니라, 함께 살았던 시절의 온전하고 말끔한 모습으로 함께 하고 싶었다. 정은은 동료 수감자에게 화장품을 빌렸다. 오래도록 씻었고, 손톱을 정리하고 식습관도 조절했다. 향수를 뿌렸다. 웃는 얼굴을 연습했다. 흰머리가 눈에 띄지 않도록 머리칼을 잘 빗어 내렸다.

마침내 그날이 되어, 면회실로 향하는 복도에서 내다본 하늘이 무척 맑았다. 구름 한 점 없이 청명한 파랑이 창문을 가득 메웠다.

기분이 좋았다. 좋은 하루가 되리라는 예감이 들

었다. 편지를 가득 담은 서류봉투를 품에 안고 정은은 걸음을 재촉했다. 아들에게 하고 싶은 말이 너무 많았다. 먼저 미안하다는 말을 해야지. 그런 고생을 하게 해서 미안하다고. 이곳을 나가면 어떻게든 꼭 갚고 말겠다고. 엄마가 아들을 얼마나 사랑하는지 알지? 나는 사랑으로 갚을 것이다. 모든 죗값을, 빚을, 모두 갚을 것이다. 개인으로서 오롯이 완전한 나의 아들에게 모두 갚고 말 것이다.

복도의 끝에서 정은은 마음을 가다듬었다. 연거푸 심호흡했다. 마침내 교도관이 문을 열었다. 설레는 마음으로 발을 들였고 그곳에 그가 있었다. 그 남자가 있었다.

정은은 내려가는 입꼬리를 감추지 않았고, 그럴 필요도 느끼지 못했다.

그는 키가 컸다.

180센티미터는 족히 넘었고 전체적으로 기골이 장대하다는 인상이었다. 밤색 교복을 입었고 명찰에 이름이 적혀 있었다. 분명 아들의 이름이지만 무척 낯설었다. 검은 뿔테안경을 썼는데 시력이 좋지 않은지 안경 렌즈 너머의 눈이 무척 작게 보였다.

그 남자는 정은을 마주하며 천천히 자리에 앉았다. 아크릴 벽 너머에서 정은을 겁에 질린, 그러나 애써 참는 시선으로 바라보았다.

정은은 뒤돌아서 교도관에게 이렇게 말하고 싶었다. 아니에요, 사람을 잘못 데려왔어요.

제 아들이 아닙니다. 저 사람은. 잘못 데려오셨어요.

제 아들이 아니에요.

애타는 마음에도 불구하고 교도관은 정은을 의자로 데려가 앉혔다. 무릎을 강제로 꿇리는 것처럼 힘주어 어깨를 눌렀고 정은은 일어나지 못했다. 일어나지 못한 채로 눈앞의 그를 바라보았다. 분명 이목구비는 아들의 것이 맞지만, 아니었다. 아니어야 했다. 정은은 몸을 들썩였다. 면회를 끝내고 싶다는 말이 목 끝까지 치밀었다. 그 순간, 남자의 왼쪽 손목에 차고 있는 시계가 보였고 정은은 아랫입술을 깨물었다. 파란색 아날로그 시계였다. 저 나잇대 남자가 차고 다니기엔 너무 작고 유치해서 전혀 어울리지 않았다.

남자가 정은을 향해 바싹 몸을 붙였다. 거리가 너무 가깝다. 째깍, 째깍, 시계 초침 돌아가는 소리가 들릴 정도로. 정은은 다시 그의 왼쪽 손목을 보았고 너무 팽팽히 맨 시곗줄을 보았고 파랗게 질리기 시작한 그의 왼손을 보았다. 정은은 아크릴 벽 아래 난 구멍에 손을 집어넣었다. 아주 천천히 그의 손목시계를 풀었고 뒷면에 각인된 그 문구를 확인했다.

남자의 얼굴에 안도와 아쉬움이 한껏 뒤섞였다가 흔적도 없이 사라졌다. 그가 아랫입술을 깨물었다.

정은은 묻지 않을 수 없었다.

너는 대체 누구니?

박현성은 얼굴을 찡그리며 홍정은을 향해 입을 열었다.

〈끝〉

작가의 말

동네의 공유 오피스 개인실에서 이 책을 썼습니다. 두 달, 주말마다 하루 8시간씩, 40분 작업하고 20분 쉬는 일을 반복했습니다. 창문이 있는 방이었습니다. 안쪽 방보다 가격이 4~5만 원 남짓 차이가 났지만 바깥바람이 절실했기에 그 방으로 빌렸습니다. 아파트 단지와 여러 학교가 붙어서 작은 마을을 이룬 곳이었습니다. 창문으로 음식 냄새와 애들 목소리가 넘어오곤 했습니다. 산책을 위해 건물 밖으로 나오면 다양한 연령대의 청소년이 어김없이 눈에 들어왔습니다. 떡볶이집 옆에 자리한 세계과자점에서 뽑기를 돌리는 초등학생에게서 어린 박현성을 보았고, 버스정류장 앞에서 친구들과 시시덕대는 고등학생에게서 열여덟 살의 박현성을 보았습니다.

사랑하는 이를 위해서, 사람은 어디까지 추해질 수 있을까요.

처음 책을 구상하면서 했던 생각입니다. 사람이 사랑에 목을 매는 이야기를 좋아했기 때문입니다. 너무나 사랑한 나머지 자기 간이고 쓸개고 모두 내주고 급기야 자신의 목숨으로도 모자라 남의 생명까지 앗아가는 그런 비겁하면서도 비윤리적인 사랑 이야기를 저는 좋아했습니다. 사랑을 위해 자신의 밑바닥을 내보이는 등장인물을 보면 가슴이 두근거렸습니다.

그러나 박현성을 30대 남성에서 열세 살 어린이로, 홍정은을 현성의 애인에서 위탁모로 변경하면서 저의 가슴은 더는 두근거리지 않았습니다. 제가 원했던 추해 빠진 사랑은 픽션에서 빛을 발하기 마련이지만, 어린 현성의 삶은 현실에 발을 한 발짝 들여놓기만 해도 어디서든 보게 되니까요.

가련한 비운의 여주인공 홍정은은 과연 사랑하는 사람을 위해 무슨 짓까지 벌일 수 있을까요, 이 한마디로 시작되었던 글이 어른과 아이, 보호자와 아동의 이야기로 바뀌면서 달리 흘러가기 시작했습니다. 홍정은이 그렇게 집착하는 사랑은 보호자가 아동에게 품어도 될 만한 종류의 사랑일까요. 아이를 살리는 사랑일까요, 아닐까요?

애초에 그게 정말 사랑이긴 할까요?

사랑이라고 말하면 안 되는 것 아닌가.

그런 의문을 가지고 글을 다시 썼습니다.

후회는 언제나 남습니다. 제가 섣불리 민감한 주제를 건드린 게 아닌가 하는 걱정과 두려움이 큽니다. 읽으면서 상처받는 사람이 있지 않을까요. 좀 더 섬세하고 온건하게 표현해야 했다는 비난도 있을 겁니다. 그런데도 쓰고 말았습니다.

사회고발이라는 거창한 이야기를 하는 게 아닙니다. 제게는 그럴 만한 능력이 없습니다. 그저 어설프게 아는 척 흉내 낸 것에 더 가깝습니다.

다만 당신의 「　　」은 괜찮은지 궁금했습니다.

친구들과 웃고 떠들며 핫도그와 떡꼬치를 먹는, 혹은 방에 갇혀 있거나 폭력에 노출된, 저와 당신과 우리의 「　　」을 생각하고 싶었습니다.

왜 언제나 글을 시작할 때와 끝날 때의 마음가짐은 달라지는지.

정말 알다가도 모를 일입니다.

이명

dot. 6

너와 나와 우리의 현성

초판 1쇄 발행 2024년 2월 22일

지은이 이멍
펴낸이 박은주
디자인 김선예, 이수정
마케팅 박동준

발행처 (주) 아작
등록 2015년 9월 9일 (제2023-000057호)
주소 07236 서울특별시 영등포구 의사당대로 38 102동 1309호
전화 02.324.3945-6 **팩스** 02.324.3947
이메일 arzaklivres@gmail.com
홈페이지 www.arzak.co.kr

ISBN 979-11-6668-806-5 04810
979-11-6668-800-3 04810 (세트)